Nagib Machfus

Der Rausch

Nagib Machfus

Der Rausch

Aus dem Arabischen von
Doris Kilias

Unionsverlag

Die Originalausgabe erschien 1965
unter dem Titel *Al-Šhaḥḥāḏ* in Kairo.
Deutsche Erstausgabe

Im Internet
Aktuelle Informationen,
Dokumente, Materialien
www.unionsverlag.com

Rieterstrasse 18, CH-8027 Zürich
Telefon +41 (0)1 281 14 00, Fax +41 (0)1 281 14 40
mail@unionsverlag.ch

Umschlagfoto: Trinette Reed / Photodisc
Druck und Bindung: GGP Media, Pößneck
ISBN 3-293-00318-4

I

Strahlend weiße Wolken schwebten am blauen Firmament, legten ihren Schatten auf das Grün der weiten Ebene. Kühe grasten bedächtig und friedvoll. Nichts deutete darauf hin, in welchem Land sich diese anmutige Szene abspielte. Im Vordergrund ein Kind auf einem Holzpferd, das Gesicht seitwärts gewendet. Es schaute hinauf zum Himmel, und in den Augen ruhte die Andeutung eines vagen, rätselhaften Lächelns. Wer mochte dieses Bild gemalt haben?

Er saß als Einziger im Wartezimmer, also würde er nicht lange warten müssen. Den Termin hatte er bereits vor zehn Tagen abgesprochen. Auf dem Tisch, der in der Mitte des Raums stand, lagen Zeitungen und Zeitschriften. Über der Kante hing eine aufgeschlagene Seite, ein Foto war zu sehen. Es zeigte eine Frau, die der Kindesentführung beschuldigt wurde. Er kehrte lieber zurück zu der Landschaft. Das Kind, die Kühe, der Himmel. Auch wenn es kein kostbares Bild war – das Teuerste war sicherlich der Goldrahmen mit den hervorstehenden Kügelchen –, er mochte dieses spielende Kind und die sorglos grasenden Kühe. Plötzlich spürte er, dass es ihm wieder schlechter ging; die Lider wurden schwer, das Herz schlug immer träger. Das Kind blickte zum Himmel, der der Erde sehr nahe war. Immer lastete er über der

Erde, von welcher Richtung aus man auch schaute. Ein einziges, endloses Gefängnis! Was hatte es mit dem Holzpferd auf sich? Und warum starrten die Kühe so sorglos drein?

Von draußen drang das Geräusch energischer Schritte herein. Gleich darauf ging die Tür auf, und der Arzthelfer sagte: »Bitte ...«

Würde er sich nach all den vielen Jahren, einem Vierteljahrhundert, noch an ihn erinnern? Er betrat das Sprechzimmer: Da stand er, der angesehene Arzt – mittelgroß, schlank, mit dunkler Hautfarbe, sanft glänzenden Augen und kurzem, leicht ergrautem Haar. So viel anders als der Jugendliche vom Schulhof sah er eigentlich nicht aus; noch immer zog er den einen Mundwinkel spöttisch hinunter. Es erinnerte ihn an seine Witzigkeit, die mit glänzenden Erfolgen einhergegangen war.

»Herzlich willkommen, Omar! Du hast dich verändert, aber zum Besseren.«

»Ich hätte nicht gedacht, dass du mich erkennen würdest.«

Sie schüttelten sich freudig die Hände.

»Bist ja ein richtiger Riese geworden. Groß warst du schon immer, aber nun hast du noch zugelegt, also wirklich, ein Riese.« Er hielt den Kopf angehoben, während er mit ihm sprach.

»Dass du dich noch an mich erinnerst!«, erwiderte Omar aufgeregt.

»Ich vergesse keinen, wie sollte ich mich da nicht an dich erinnern?«

Was für eine warme Begrüßung, und das von diesem erfolgreichen Arzt, den Gott und die Welt kannten. Da konnte er selbst ein noch so erfolgreicher Anwalt sein, seinen Namen merkten sich nur die, die unmittelbar in einen Prozess verwickelt waren.

Der Freund aus alten Zeiten schaute ihn prüfend an und lachte. »Du bist wirklich ein Schwergewicht geworden. Siehst aus wie ein Firmenchef von früher, fehlt bloß noch die Zigarre.«

Über Omars längliches, volles Gesicht huschte ein Lächeln, und aus lauter Verlegenheit rückte er die Brille zurecht und zog die buschigen Augenbrauen in die Höhe. »Ich freu mich, dich zu sehen, Doktor.«

»Ich mich auch, obwohl es dafür ja meistens einen unangenehmen Grund gibt.« Er ging zum Schreibtisch, auf dem jede Menge Bücher, Papiere und teure Schreibutensilien lag, und bedeutete Omar mit einem Wink, Platz zu nehmen. »Verschieben wir die Erinnerungen auf später, wenn wir uns Klarheit über dein Befinden verschafft haben.« Er schlug die Patientenkartei auf und nahm einen Stift. »Name: Omar al-Hamzawi, Beruf: Rechtsanwalt, Alter …?« Er lachte laut los. »Hab keine Angst, wir werden alle älter.«

»Fünfundvierzig Jahre.«

»Als wir zur Schule gingen, da war ein Monat Altersunterschied ungeheuer groß, jetzt macht das keinem mehr das Herz schwer. Gibts in deiner Familie irgendwelche speziellen Krankheiten?«

»Nein, es sei denn, du hältst Bluthochdruck mit sechzig Jahren für eine Krankheit.«

Der Doktor verschränkte die Arme und sah ihn ernst an. »Nun leg mal los.«

Omar strich sich übers schwarze, volle Haar, in dem nur mit Mühe ein paar graue Härchen zu entdecken waren. »Ich bin mir nicht sicher, ob ich im herkömmlichen Sinn krank bin.«

Der Blick des Arztes wurde eindringlicher.

»Ich meine, ich hab keine Symptome, die auf eine Krankheit hinweisen.«

»So, so.«

»Ich fühle einfach nur eine seltsame Lustlosigkeit.«

»Ist das alles?«

»Glaub schon.«

»Vielleicht rührt das daher, dass du überlastet bist?«

»Möglich, aber das allein kanns nicht sein.«

»Sicher, sonst wärst du nicht hier.«

»Um ehrlich zu sein, hat diese Mattheit dazu geführt, dass ich überhaupt keine Lust mehr habe zu arbeiten ...«

»Sprich weiter.«

»Es ist auch keine richtige Müdigkeit, ich habe durchaus das Gefühl, dass ich arbeiten könnte. Aber ich hab einfach keine Lust dazu, nicht die kleinste Spur. Ich habe alles meinem Assistenten überlassen, und meine alten Fälle schiebe ich seit einem Monat vor mir her.«

»Hast du mal dran gedacht, Urlaub zu machen?«

Omar ging auf die Frage nicht ein, er schien sie nicht

gehört zu haben. »Oftmals bin ich aller Dinge überdrüssig, alles, das ganze Leben, die Leute, ja sogar die Familie, nichts macht mir mehr Freude. Allmählich kommt mir dieser Zustand zu ernst vor, um darüber länger zu schweigen.«

»Dann ist das Problem nicht ...«

»Doch, es ist sehr gravierend. Ich will nicht mehr denken, nicht mehr fühlen, mich nicht mehr bewegen. Alles zerfällt, stirbt ab. Und nun hoffe ich, dass es vielleicht einen physischen Grund dafür gibt.«

Der Freund aus alten Zeiten lächelte. »Es wäre schön, wenn wir alle ernsten Probleme mit einer Tablette nach dem Essen oder einem Löffel Medizin vor dem Schlafengehen lösen könnten.«

Sie gingen in den Untersuchungsraum. Zuerst musste Omar eine Urinprobe abgeben, dann zog er sich aus, legte sich auf die Liege und befolgte brav alle Anweisungen. Nachdem er die Zunge herausgestreckt hatte, zog der Arzt die schweren Augenlider nach oben und schaute ihm eingehend in die Augen. Er maß den Blutdruck, klopfte mit seinen schlanken, eleganten Fingern Brust und Rücken ab und drückte mit beiden Händen auf dem Bauch herum. Als er das Stethoskop nahm, befahl er ihm zu husten, mal aus der Kehle, dann wieder tief aus dem Brustkorb heraus. Omar schaute verstohlen auf das Gesicht seines Freundes, aber es war ihm nichts anzusehen.

Die Untersuchung war beendet, und Omar zog sich an. Sie gingen zum Schreibtisch zurück. Der Arzt beschäftigte sich mit dem Ergebnis der Urinprobe, und als er dann aufschaute, rieb er sich die Hände und lächelte breit. »Mein lieber Herr Anwalt, da ist nichts, überhaupt nichts.«

Omars lange Nase zuckte, sein Gesicht färbte sich rot. »Nichts?«

»Gar nichts.«

»Dann fürchte ich, dass die Sache noch viel schlimmer ist«, bemerkte Omar leise.

Sein Gegenüber lachte. »Aber nicht so schlimm, dass die Rechnung doppelt hoch wird.«

Nun musste auch Omar lachen, erwartungsvoll sah er den Freund an.

»Also gut, organisch fehlt dir nichts, aber ...«

»Heißt das etwa, dass ich jetzt in die Psychiatrie muss?«, fragte Omar verstört.

»Ach was, weder das, noch brauchst du irgendwelche Medikamente.«

»Wirklich?«

»Dein Problem ist das, was man heutzutage in den Zeitungen als Zivilisationskrankheit bezeichnet. Soll heißen, dass du im Augenblick zwar gesund bist, aber ...«, er zögerte ein wenig, »zu erwarten ist, dass du für manche Krankheiten prädestiniert bist. Du kommst genau zur richtigen Zeit. Seit wann verspürst du diese Lustlosigkeit?«

»Seit zwei Monaten, vielleicht noch ein bisschen länger. Aber die letzten vier Wochen waren wirklich sehr quälend.«

»Lass mich dir dein Leben beschreiben, wie ich es auf

Grund meiner Untersuchung sehe. Du hast Erfolg, bist wohlhabend, läufst so gut wie gar nicht zu Fuß, isst üppig und kannst dir die besten Weine leisten. Du arbeitest bis zur Erschöpfung, und dein Kopf ist ständig mit den Problemen deiner Klienten und deinem Vermögen beschäftigt. Du bist geradezu besessen von der Furcht, wie es in Zukunft um deine Arbeit und deine finanzielle Situation stehen wird.«

Omar lachte verlegen. »Im großen Ganzen stimmt das Bild, bloß dass mich im Augenblick überhaupt nichts mehr interessiert.«

»Wie gesagt, dir fehlt nichts, aber der Feind lauert bereits ...«

»Ha, wie Israel, was?«

»Wenn man nicht aufpasst, bricht plötzlich die echte Gefahr über einen herein.«

»Nun wirds ernst.«

»Mäßige dich beim Essen, trink weniger Alkohol, gewöhn dir an, regelmäßig Sport zu treiben, zum Beispiel Laufen. Wenn du dich daran hältst, brauchst du nichts zu befürchten.«

Omar wartete nachdenklich ab, aber als sein Freund offenbar nichts mehr hinzuzufügen hatte, fragte er verdutzt: »Schreibst du mir nichts auf? Keine Medizin?«

»Nein. Du bist kein Dörfler, bei dem ich mich mit Medikamenten, die weder schaden noch nützen, wichtig machen kann. Die Medizin, die dir wirklich helfen kann, findest du ganz allein bei dir.«

»Und dann gehts mir so wie früher?«

»Noch viel besser. Ich hetze auch zwischen der Fakultät, dem Krankenhaus und der Praxis hin und her, aber ich laufe jeden Tag mindestens eine halbe Stunde und achte sehr darauf, was und wie viel ich esse.«

»Aber ich komme mir überhaupt nicht alt vor ...«

»Das Alter ist wie eine Krankheit, du wirst es nicht spüren, solange du vernünftig lebst. Es gibt Leute, die mit über sechzig Jahren ungeheuer jung sind. Wichtig ist, dass wir uns unser Leben bewusst machen.«

»Bewusst machen?«

»Ich meine das nicht philosophisch ...«

»Aber deine Behandlung gründet doch auf eine Philosophie. Hast du dich etwa noch nie gefragt, was dein Leben eigentlich für einen Sinn hat?«

Der Arzt schmunzelte. »Dafür hab ich keine Zeit. Solange ich jede Stunde Menschen helfe, die mich brauchen, stellt sich mir diese Frage nicht.« Freundlich und bestimmt fügte er hinzu: »Mach einfach mal Urlaub.«

»Mein Urlaub wird meistens so oft unterbrochen, dass er während der ganzen Sommermonate fast nur noch aus einem Wochenende besteht.«

»Nein, das meine ich nicht. Nimm mal eine richtig lange Auszeit und gewöhn dir eine neue Lebensweise an. Danach wirst du dich wie neugeboren fühlen.«

»Schon möglich.«

»Vertrau auf Gott. Die Natur hat dir ein warnendes Zeichen gegeben, also hör drauf. Du solltest zwanzig Kilo abnehmen, aber ganz langsam und nicht mit Gewalt.«

Omar schlug die Hände auf die Knie und beugte sich leicht vor – Zeichen dafür, dass er gehen wollte. Aber sein Freund hielt ihn mit den Worten zurück: »Halt, du bist heute mein letzter Patient, also lass uns noch ein wenig sitzen bleiben.«

Lächelnd richtete sich Omar auf. »Mein lieber Hamid Sabri, ich weiß, was du willst. Du willst die letzten fünfundzwanzig Jahre streichen und so wie früher aus tiefstem Herzen lachen.«

»Ach, war das damals schön!«

»Ehrlich gesagt war jede Zeit schön – bis auf das Heute.«

»Da hast du Recht. Die Erinnerung ist eine Sache, die Realität eine andere.«

»Alles verfliegt und wird bedeutungslos.«

»Aber wir lieben das Leben, und gerade darin liegt der Sinn.«

»In den letzten Tagen habe ich es nur noch gehasst.«

»Und bist nun auf der Suche nach dieser Liebe. Sag mal, kannst du dich noch an die Zeit erinnern, als wir über Politik diskutiert, gestreikt und uns unsere Traumstadt ausgemalt haben?«

»Na klar, aber diese schöne Zeit ist lange vorbei, und heutzutage redet man nur noch schlecht darüber.«

»Trotzdem hat sich ein großartiger Traum verwirklicht, der sozialistische Staat.«

»Hm ...«

»Du warst damals ein Mann mit vielen Gesichtern –

der radikale Sozialist, der bedeutende Anwalt, aber am stärksten habe ich dich wegen eines anderen Talents in Erinnerung – du, der Dichter.«

Omar, den leichter Unwillen überkam, lächelte nervös. »Schlimm genug.«

»Hast du das Dichten aufgegeben?«

»Na, sicher.«

»Aber wenn ich mich recht erinnere, war doch ein Lyrikband von dir erschienen?«

Den Blick starr auf den Boden gerichtet, damit ihm sein Unmut nicht anzusehen war, erwiderte er: »Kinderkram, nicht mehr und nicht weniger.«

»Einige Kollegen von mir, die Gedichte schreiben, haben um dieser Kunst willen die Medizin aufgegeben.«

Erinnerungen aus grauer Vorzeit, die einem wie ein drohendes Gewitter die Laune verderben konnten. Wann würde er endlich mit dem Gerede aufhören?

»Einer unserer alten Freunde, Mustafa al-Minjawi, hatte einen Spitznamen. Fällt der dir noch ein?«

»Kleiner Glatzkopf. Wir sind heute noch befreundet und sehen uns oft. Er ist ein sehr bekannter Journalist und arbeitet für Rundfunk und Fernsehen.«

»O ja, meine Frau ist ganz begeistert von ihm. Damals war er genauso fanatisch wie du, aber der Schärfste war zweifellos Osman Chalil.«

Unter der Wucht dieser Erinnerung, die ihm wie ein Schlag mit eiserner Faust vorkam, verdüsterte sich Omars Gesicht. »Er sitzt im Gefängnis«, murmelte er.

»Ich weiß, und zwar schon ziemlich lange. Wart ihr in der juristischen Fakultät nicht Kommilitonen?«

»Ja, wir haben alle, also Mustafa, Osman und ich, im gleichen Jahr den Abschluss gemacht. Offen gesagt denke ich nicht gern an die Vergangenheit zurück.«

»Gut, denk also an die Zukunft.« Er schaute auf seine Uhr. »Von jetzt an bist du dein eigener Doktor.«

Draußen im Warteraum betrachtete Omar noch einmal das Bild. Das Kind ritt immer noch auf dem Holzpferd, den Blick emporgerichtet. Galt das geheimnisvolle Lächeln, das in seinen Augen glänzte, dem Himmel? Er hielt die Erde gefangen. Was nahmen die Sterne während der Millionen Lichtjahre wahr? So viele Fragen gab es, auf die kein Doktor eine Antwort geben konnte.

Auf dem Sulaiman-Pascha-Platz parkte gleich vor dem Gebäude sein schwarzer Cadillac. Er stieg ein und schwebte davon, sanft gleitend wie das Schiff, das dem Nil das Brautopfer bringt.

2

Noch bevor sie seinen Gruß erwiderten, blickten ihn alle erwartungsvoll an. Warmherzige, aufrichtige Liebe schlug ihm entgegen, doch was konnte das schon gegen den quälenden Überdruss ausrichten? Die Bitterkeit war es, die alles noch verbliebene Empfinden verdarb. Da standen sie, mit dem Rücken zur Terrasse. Die Wohnung befand sich im vierten Stock, und von der Terrasse konnte man den Lauf des Nils bis in die Ferne mit den Augen verfolgen. Aber in diesem Moment ruhte sein Blick auf dem fleischigen Hals seiner Frau, der wie ein Stamm aus dem Kragen ihres weißen Kleids ragte. Und ihr Gesicht – die Wangen strotzten vor Fett. Wie eine gewaltige Statue stand Zainab da, in sich ruhend und prinzipienfest. Die grünen Augen, in Fettpolster eingebettet, waren kaum noch auszumachen, nur ihr Lächeln hatte sich noch die frühere unschuldige Reinheit und Herzlichkeit bewahrt. »Mein Herz sagt mir, dass alles gut ist.«

An ihrer Seite stand Mustafa al-Minjawi in seinem seidig schimmernden Anzug. Schlank, wie er war, nahm er sich neben der robusten Gattin geradezu mickrig aus. Das ovale Gesicht sah blass aus, der Blick trübe, aber dafür glänzte die Glatze, die schon fast legendär war. »Erzähl uns von unserem alten Schulkameraden, was hat er gesagt? Hat er dich erkannt?«

Busaina, die große Tochter, stützte sich mit dem Ellbogen auf die Schulter der bronzenen Frauenfigur, die in der Diele mit ausgebreiteten Armen die Gäste empfing. Busainas grüne Augen schauten ihn erwartungsvoll an. O ja, mit siebzehn Jahren war ihre Mutter genauso schlank gewesen, doch wie es schien, würde Busaina aufpassen, dass das Fett die mädchenhaften Formen nicht verunstaltete und sie sich nicht zu einer ebensolchen Riesin entwickelte. Es geschah oft, dass sie sich mit ihm ohne jedes Wort verständigte; ihr Blick sagte ihm, was sie im Innern bewegte.

Gamila, die kleine Tochter, war mit ihrem Teddy viel zu beschäftigt, um von ihm Notiz zu nehmen.

Kaum hatte man Platz genommen, sagte Omar betont ruhig: »Er hat nichts gefunden.«

»Gott sei Dank«, tönte Zainab, »ich hab ja schon lange gesagt, dass du dich einfach nur mal ausruhen musst.«

Die selbstgefällige, triumphierende Art, mit der sie das sagte, ärgerte ihn ungemein. Er drehte sich zu Mustafa um, wies mit dem Finger auf Zainab und erklärte: »Sie ganz allein ist schuld daran.« Er berichtete in aller Kürze, was der Arzt gesagt hatte, und wiederholte am Schluss noch einmal: »Und daran ist sie ganz allein schuld.«

Sichtlich amüsiert meinte Mustafa: »Komische Therapie, hört sich mehr nach Spielerei an.« Er seufzte. »Ausgerechnet beim Essen und Trinken geizen, verfluchte Ärzte.«

Wieso flucht der? Der ist doch gar nicht betroffen! Was soll denn erst der machen, der sich auf einer Reise befindet, von der er nicht weiß, wohin sie führt? Der sich hin- und hergerissen fühlt zwischen Sehnsucht und Überdruss? Der es nicht fertig bringt, mit sich selbst ins Reine zu kommen? »Der Doktor hat nach dem kleinen Glatzkopf gefragt ...«

Lautes Gelächter brach aus, und als sich der Sturm etwas gelegt hatte, fügte Omar hinzu: »Glückwunsch, Hamids Frau ist eine Verehrerin von dir.«

Mustafas weiße Zähne blitzten, als er vor Freude wie ein glückliches Kind lächelte. »Dank Rundfunk und Fernsehen bin ich zu einer richtigen Plage geworden. Wer nicht aufpasst, den räum ich aus dem Weg.«

Omar musste an den Freund denken, der im Gefängnis saß, aber selbst solch eine empfindsame Regung wie Mitleid war noch von Verdruss getrübt. Als er sich in größter Gefahr befand, hatte ihn der Freund nicht verraten. Trotz aller Qualen hatte der Freund nichts gestanden. Dann war er in finsteren Niederungen verschwunden, als hätte es ihn nie gegeben. Und er? Krank vor lauter Fettlebe. Ausgestattet mit einer Frau, die zum lebenden Symbol von Küche und Geld geworden ist. Das musste doch selbst den Nil vor Ärger schäumen lassen.

»Fahren wir gleich los, Papa? Sollen wir packen?«

»Wir werden eine schöne Zeit haben. Ich bring deiner Schwester das Schwimmen bei, wie ich es bei dir gemacht habe.«

»O ja, und dann schwimmen wir bis zu den Tonnen!«

Da sitzt eine Tonne: deine Mutter. Und der Horizont sperrt uns ein, wie ein Gefängnis. Weit, weit dahinter muss irgendwo die Freiheit sein. Statt Hoffnung gibt es nur noch Gewissensbisse.

»Meine Frau will unbedingt nach Ras al-Bar, aber wenn einer wie ich einen ganzen Monat Urlaub bekommen will, muss er mindestens Krebs haben.«

Gamila ließ von ihrem Teddy ab und fragte: »Fahrn wir jetzt, Papa?«

Mustafa kam Omar wie ein Denkmal vor, das man Freundschaft, Liebe und Familiensinn gesetzt hatte. Er war alles in einem: Ratgeber, Helfer in Nöten, Zeuge. Jeden Tag bestätigte er seine Freundschaft zu Omar und seiner Familie aufs Neue. Er hatte noch nicht erfahren müssen, welche Strudel in der Tiefe des Flusses tobten, wie sie drohten, alles mit sich zu reißen. »Der Doktor hat mich übrigens an die Zeiten der Dichtkunst erinnert.«

Mustafa grinste. »Offenbar hat er nichts von meinem letzten dramatischen Meisterwerk mitbekommen.«

»Tut mir Leid, dass ich ihm nichts von deiner Kunst erzählt habe.«

»Meinst du, dass dieser große Medikus etwas von Kunst versteht?«

»Zumindest bewundert dich seine Frau, reicht dir das nicht?«

»Dann wird sie wahrscheinlich auch Popcorn und Melonenkerne mögen.«

Zainab, die die ganze Zeit über den Diener durch die offene Tür im Blick behalten hatte, sagte: »Zeit zum Abendessen!«

Omar erklärte, dass er lediglich ein Stückchen Hühnerbrust, etwas Obst und ein Glas Whisky zu sich nehmen wolle.

»Und der Kaviar? Soll ich den ganz allein essen?«, alberte Mustafa herum, bevor er ausführlich das Frühstück beschrieb, das Mister Churchill, gemäß dem Bericht einer Zeitung, während eines Besuchs in Zypern serviert worden war. Nicht lange, und Omar vergaß alles Zögern und aß und trank nach Herzenslust. Auch Zainab konnte der Verlockung nicht widerstehen – sie trank eine ganze Flasche Bier. Nur Busaina achtete auf Mäßigkeit, was in den Augen ihrer Mutter eine Art Taktlosigkeit war.

»Beim Essen offenbart sich die menschliche Natur deutlicher als beim Sex«, erklärte Mustafa, was Omar endlich seinen ganzen Kummer vergessen ließ.

»Dir ist wohl das Hühnerbein im Gehirn stecken geblieben!«, rief er ausgelassen.

Nach dem Essen blieb man noch für ein halbes Stündchen beisammen, bevor Gamila zu Bett ging und Busaina und ihre Mutter eine Nachbarin besuchten. Die beiden Männer setzten sich auf die Terrasse; der Glastisch mit einer Flasche Whisky und einem Eisbehälter stand zwischen ihnen. Kein Ast, kein Zweig rührte sich, und auf den Lampen lag eine feine Staubschicht. Durch die Baumkronen hindurch war der Nil zu sehen – ruhig, bleich und aller Heiterkeit beraubt, floss er träge dahin. Als Mustafa merkte, dass Omar nichts trank, knurrte er ungehalten: »Eine Hand allein kann nicht klatschen.«

Omar steckte sich eine Zigarette an. »Schreckliches Wetter. Überhaupt gefällt mir nichts mehr.«

Mustafa lachte. »Mich hast du eine Zeit lang auch nicht ausstehen können.«

Ohne darauf einzugehen, meinte Omar nachdenklich: »Ich fürchte, dass sich meine Haltung, was die Arbeit betrifft, nicht ändern wird.«

»Du solltest wirklich eine Diät machen und Sport treiben. Du willst doch Busaina nicht enttäuschen und an deiner Willensstärke zweifeln lassen.«

»Ach was, jetzt trink ich erst mal ein Glas.«

»Bitte, aber in Alexandria musst du mehr Willen zeigen.«

»Hast du gerade gesagt, dass ich dich eine Zeit lang nicht ausstehen konnte? Du bist genauso ein verlogener Kerl wie die meisten deiner Zunft.«

»Das war damals, als ich so verrückt nach Kunst war.«

»Da hatte ich mit mir selbst zu tun und steckte in einer ziemlichen Krise.«

»Genau. Du hast deine heimliche Liebe zur Lyrik mit aller Gewalt unterdrückt, und als ich mich dann so engagierte, hat das deinen Kummer nur noch größer gemacht.«

»Aber deshalb habe ich dich doch nicht gehasst. Du hast mir einfach nur ein schlechtes Gewissen gemacht.«

»Und ich, ich habe über deine Krise großzügig hinweggesehen, weil ich nämlich entschlossen war, weder dich noch die Kunst zu verlieren.« Er lachte. »Wahrscheinlich habe ich dich sehr glücklich gemacht, als ich auf einen Schlag den Entschluss fasste, von Kunst nichts mehr wissen zu wollen. Und nun verkaufe ich also dank Presse, Rundfunk und Fernsehen Futter an Popcorn- und Melonenkernfresser, während du es an die Spitze der spitzenmäßigen Anwälte am Azhar-Platz geschafft hast.«

Abgestandene Erinnerungen, faulig wie die Hitze und der Staub. Herumirren im geschlossenen Kreis. Das lächelnde Kind, das sich einbildet, auf einem richtigen Pferd zu sitzen. »Er war verdrossen, er ist verdrossen, sei verdrossen, also ist er verdrossen, ist sie verdrossen, alle sind verdrossen ...«

»Mach eine Diät und treib Sport.«

»Du Komiker, du.«

»Mich zu amüsieren, ist zum Inhalt meines Lebens geworden. Früher besaß die Kunst noch eine Bedeutung, aber seit die Wissenschaft sie aus dem Weg geräumt hat, ist sie für mich ohne Sinn.«

»Für mich hat das mit Wissenschaft nichts zu tun.«

»Ja, aber warum hast du dann die Kunst aufgegeben?«

Mit seiner hinterhältigen Verbohrtheit geht er einem genauso auf den Geist wie die Hitze. Dieser Nacht fehlt tatsächlich jeglicher Reiz, nirgendwo Musik, nur Straßenlärm. Und obendrein stellt dieser Schlaukopf Fragen, auf die er die Antwort genau weiß. »Sag du mir, was du für den Grund hältst.«

»Damals hast du erklärt, dass du etwas vom Leben haben und erfolgreich werden willst.«

»Na bitte, warum fragst du dann?« Der Blick aus trüben Augen flackert unruhig; deutliches Zeichen dafür, dass er mir Recht geben muss. »Bei dir war es anders, du hast die Kunst tatsächlich wegen der Wissenschaft aufgegeben, aber aus einem ganz bestimmten Grund.«

»Das musst du mir erklären.«

»Du hast es nicht vermocht, der Kunst die gleiche Achtung entgegenzubringen wie der Wissenschaft.«

Berauscht vom Whisky, lachte Mustafa ausgelassen. »Jeder Flucht geht eine Niederlage voraus. Aber du kannst mir glauben, dass die Wissenschaft für die Kunst nichts mehr übrig gelassen hat. Die Wissenschaft bietet alles auf einmal – den verführerischen Reiz der Dichtkunst, die berauschende Verzückung der Religion und das ehrgeizige Streben nach Erkenntnis, das die Philosophie ausmacht. Da bleibt der Kunst nichts anderes als banales Amüsement. Irgendwann kommt der Tag, wo sie nicht mehr zu bieten hat als Tand für die Flitterwochen.«

»Na, wunderbar. Dir gehts nicht um die Liebe zur Wissenschaft, sondern einzig und allein darum, an der Kunst Rache zu nehmen.«

»Lies ein wissenschaftliches Buch, sei es über Astronomie, Physik oder sonst was, und wenn du dich dann an die

Dramen oder Lyrikbände erinnerst, die du kennst, wirst du vor Scham versinken.«

»Dafür reicht mir, daran zu denken, wie die Rechtsprechung mit meinen Klienten umgeht.«

»Die größte Scham empfindet ein Künstler, wenn er erfahren muss, dass er nicht mehr in die Zeit passt.«

Omar gähnte. »Verflucht nochmal, irgendetwas liegt in der Luft. Ein inneres Gefühl sagt mir, dass das ganze Gefüge, das gerade noch völlig intakt war, in die Brüche gehen wird.«

Mustafa goss sich einen neuen Whisky ein. »Das werden wir nicht zulassen.«

Ernst und mit gerunzelter Stirn beugte sich Omar vor. »Was meinst du, was mit mir los ist?«

»Überanstrengung, Eintönigkeit, die Zeit.«

»Ob da Diät und Sport reichen?«

»Aber sicher, davon kannst du überzeugt sein.«

3

Von jetzt an bist du dein eigener Doktor, denn du bist ein freier Mensch. Eine Tat, die aus der Freiheit heraus geboren ist, hat etwas Schöpferisches an sich. Auch dann, wenn der Mensch ständig gegen die Begierden seines Bauchs zu kämpfen hat. Man lebt ja wirklich nicht dafür, sich den Bauch voll zu schlagen, und wer seinen Magen befreit, macht seinen Geist frei, und die Gedanken können fliegen. Lösen sich die Wolkenfelder auf, haben die Stürme des Augusts freie Bahn. Schrecklich, dieses Gedränge, diese Feuchtigkeit, dieser Geruch von Schweiß. Das Gehen hat dich angestrengt, und deine Füße tun dir weh, als hättest du gerade erst das Laufen erlernt. Augen starren den Riesen an, der mit großen Schritten ausholt, bis er sich schließlich an der Corniche erschöpft auf die erstbeste Bank fallen lässt.

Ein Vierteljahrhundert warst du mit Blindheit geschlagen, jetzt hast du die Zeit, dir die Menschen anzuschauen. Das Ufer von Alexandria – ein Zeuge der Geburt von Adam und Eva, und niemand weiß, wer noch alles aus dem Paradies vertrieben wird. Vor langer, langer Zeit war der dünne, hoch aufgeschossene Sohn eines kleinen Kairoer Beamten zu Fuß kreuz und quer durch die Stadt gezogen, ohne sich je zu beklagen. So wie sich Generationen von Vorfahren beim Kampf mit dem harten Boden die Füße blutig rissen, bis sie schließlich vor Erschöpfung niedersanken. Nicht lange, und die Vergangenheit wird aus dem Gefängnis entlassen und die Gegenwart noch quälender machen.

»Warum starrst du mich an, Osman?«

»Spielst du mit mir Fußball?«

»Ich mag keinen Sport.«

»Außer Gedichten kennst du nichts, oder?«

Wie kann ich deinem bohrenden Blick entkommen? Was hat es für einen Sinn, mit dir zu diskutieren? Du weißt doch, dass das Dichten mein Leben ausmacht. Zwei Zeilen, stilvoll verschmolzen, und es erklingt eine Melodie, die die Himmelsschwingen tanzen lässt. »Stimmts, Mustafa?«

»Aber ja«, ruft der kleine Glatzkopf begeistert. »Das ganze Sein ist ein einziges Kunstwerk.«

Eines Tages erklärte Osman im Tonfall einer Offenbarung: »Ich habe die Zauberformel für alle Probleme gefunden.«

Vor Begeisterung schaudernd machten wir uns auf nach Utopia. Erdbebenartige Erschütterungen sprengten die Metren der Poesie; die Seele, so unsere einhellige Meinung, besaß keinerlei Wert mehr. Wir schwärmten von einer völlig neuen Schwerkraft, die nichts mit Newtons Gravitationsgesetz zu tun haben sollte: Alle Wesen, die toten wie die lebenden, würden gleichermaßen angezogen werden und in einer traumhaften Balance schweben. Es sollten nicht länger einige aufsteigen und andere fallen. Als sich uns der Lauf der Gestirne in den Weg stellte und wir das Tal der Enttäuschung und Trauer durchschritten hatten, landeten wir in weichen Sesseln. Der Riese schaffte es in rasanter Geschwindigkeit vom Ford zum Packard, bis er sich schließlich im Cadillac niederließ und in einem Pfuhl von Fett und Öl zu ertrinken drohte.

So dicht standen die Sonnenschirme, dass sich die Fransen berührten; eine gewaltige, bunte Kuppel, unter der halb nackte Leiber ruhten. Durchdringender Schweißgeruch lag in der Luft, und das Meer mühte sich mit aller Gewalt, ihn abzuwehren. Beschienen von einer Sonne, deren Kraft allmählich nachließ, stand Busaina am Ufer – rank und schlank, mit nasser, glänzender Haut und geröteten Armen und Beinen. Das Haar hatte sie unter einer blauen Nylonkappe versteckt, aber dafür blitzten ihre Zähne, weil sie vor lauter Freude über das Meer laut lachte. Auch Omar saß halb nackt da; er ließ sich die Sonne auf die Brust scheinen, auf der sich dichtes, schwarzes Haar kräuselte. Zwischen seinen Beinen hockte Gamila im Sand und baute eine Pyramide. Zainab saß mit einem Stickrahmen im Liegestuhl und arbeitete emsig an den Blütenblättern von Rosen. Stolz auf ihre gesunde Beleibtheit, schien es sie nicht zu stören, dass ein paar dumme Schnösel ihren gewaltigen Busen anstarrten.

Lieber Mustafa,

ich habe deine wöchentliche Kunstkritik gelesen und finde sie ausgezeichnet. Sie ist witzig und anregend. Behauptest du noch immer, dass du bloß Popcorn und Melonenkerne verkaufst? O nein, dein feines Gespür und deine große Erfahrung als ernsthafter Kritiker geben selbst den Späßen, die du dir bisweilen erlaubst, eine ganz besondere Note. Ich danke dir für deine Frage nach unserem Befinden, aber ansonsten war dein Brief von wirklich unangenehmer Kürze. Vielleicht betrachtest du ihn ja auch nur als Ergänzung zu deinen Artikeln und ahnst nicht, wie sehr es mich nach einem langen Gespräch verlangt. Zainab geht es gut, sie lässt dich grüßen. Ich soll dich an das Medikament erinnern, das du von einem deiner Kollegen, die ins Ausland fahren, mitbringen lassen wolltest. Meiner Meinung nach sind ihre Darmprobleme nicht sonderlich ernst, aber wie du weißt, ist sie geradezu versessen auf Medikamente. Busaina ist glücklich und zufrieden – wie sehr wünsche ich mir, ihre Gedanken lesen zu können. Am besten gehts Gamila, sie versteht ja noch nichts von der Welt. Wenn du mich sehen könntest, würdest du über meine Fortschritte staunen. Ich habe acht Kilo abgenommen, bin tausende von Kilometern gelaufen, habe Tonnen von Fleisch, Butter und Eiern geopfert, und nachdem ich mich nun fast bis zum Hungertod durchgequält habe, weiß ich, wie sehr man unter der Sehnsucht nach Essen leiden kann. Da du weit weg bist und ich hier niemanden habe, mit dem ich reden könnte, führe ich jetzt oft Selbstgespräche. Zainab ist mir zu vernünftig, warum sollte ich mich im Urlaub mit vernünftigen Gesprächen belasten?

Die einzige Person, mit der ich gern spreche, ist ein Verrückter. Er steht auf der Straße, hebt wie ein großer Politiker die Hand zum Gruß und hält seltsame Reden. Ich war ihm in etlicher Entfernung vom Glim-Strand begegnet, so einen Kilometer weiter, und da hat er mich angehalten und gefragt: »Hab ich es nicht gesagt?« Worauf ich völlig ernst erwiderte: »Gewiss.« Darauf er: »Und was nützt es? Morgen wird die ganze Stadt mit Flundern voll geschwemmt sein, und man wird keinen Schritt mehr machen können.« – »Nun ja, da muss die Verwaltung ...« – »Die Verwaltung«, unterbrach er mich erregt, »wird gar nichts tun. Sie wird es als eine Gelegenheit ansehen, den Tourismus zu fördern. Aber die Flundern werden sich in so erschreckender Weise vermehren, dass die Bewohner die Stadt verlassen müssen. Die ganze Landstraße wird mit Kolonnen von Flüchtlingen voll sein, und trotzdem wird der Preis für Fische immer weiter steigen.«

Dem hätte ich auch gern ins Gehirn geschaut, um seine Gedanken zu lesen. Seine Sprache war genauso seltsam wie die von Mathematikern, die über Gleichungen diskutieren – da ist unsereins, der nur über den gesunden Menschenverstand verfügt, völlig verloren. Wir, die wir mit den alltäglichen, konkreten Widerwärtigkeiten zu kämpfen haben, kennen weder die Süße des Wahnsinns noch das Wunder von Gleichungen. Seis drum, ich habe immerhin eine glückliche Familie. Wenn du sehen könntest, wie ich mit Busaina plaudere, während uns Gamila mit Sand bewirft. Unser Haus in Glim ist sehr angenehm. Meine Sehnsucht nach Whisky wächst zusehends. Gestern Abend, wir saßen noch ein wenig im Strandhäuschen zusammen, hörten wir unseren Nachbarn sagen: »Die Wohnhäuser sollen verstaatlicht werden.« Zainab wird kreidebleich und sieht mich Hilfe suchend an. »Na und, uns bleibt noch 'ne Menge Geld«, sage ich, worauf sie besorgt fragt, wie wir denn wenigstens das Geld retten könnten. »Keine Sorge«, erwidere ich, »wir sind vor Schicksalsschlägen geschützt, mit etlichen Versicherungen.« – »Wer kann schon wissen ...«, jammert sie los, aber da bin ich ihr in die Parade gefahren und hab gesagt: »Dann erklär mir mal, um Gottes willen, warum du so fett geworden bist.« Worauf sie schreit: »In deiner Jugend warst du genau wie die da oben, hast immer nur über Sozialismus geredet, und das steckt noch immer in dir drin!«

Sie hat mich nochmals an das Medikament erinnert. Weißt du, Mustafa, mich interessiert nichts mehr, rein gar nichts. Ich weiß nicht, was mit mir passiert ist, nur eins ist sicher, dass mich nämlich auch in Zukunft nichts interessieren wird. Das Einzige, was mir noch gefallen könnte, ist, mit dir wieder Unsinn zu reden und unsere wunderbaren, aber völlig sinnlosen Diskussionen zu führen. Neulich habe ich im Dunkeln zufällig das Gespräch eines Pärchens belauscht, das ging so: Er sagte: »Schatz, das ist wirklich sehr riskant.« Darauf sie: »Soll heißen, du liebst mich nicht mehr.« Und er: »Aber du weißt doch genau, dass ich dich liebe.« Und sie: »Wenn du nur mit dem Verstand reagierst, heißt das, dass du mich nicht mehr liebst.« Er: »Ja siehst du denn nicht, dass ich ein erwachsener Mann mit Verantwortung bin?« Wieder sie: »Sag doch gleich, dass du mich nicht mehr liebst.« Darauf er: »Wir werden uns und unsere Familien kaputtmachen.« Sie: »Kannst du nicht endlich mit deinen Predigten aufhören?« Und er: »Du hast einen Mann und Töchter, und ich habe eine Frau und Söhne.« – »Hab ich nicht gesagt, dass du mich nicht mehr liebst?« – »Aber ich liebe dich doch.« – »Dann red mit mir nur über eins – über Liebe.«

Als ich mich leise wegschlich, habe ich mir dieses herrlich skandalöse Drama weiter ausgemalt und mich köstlich amüsiert, über die Waghalsigkeit der Frau und die schwachen Nerven des Mannes. Aber die beiden haben mich an einen alten Gefährten erinnert – sein Name ist Liebe. Großer Gott, wie viel Zeit ist nun schon ohne Liebe vergangen. Was ist uns außer mumifizierten Erinnerungen davon geblieben! Wie gern würd ich mich ins Herz eines Liebenden einschleichen. Wie du weißt, war in meinem ganzen Leben Zainab die einzige Frau, die ich geliebt habe. Aber das ist schon zwanzig Jahre her! Und was mir von der ganzen Zeit in Erinnerung geblieben ist, sind irgendwelche Situationen und Aktionen, aber keine Gefühlsausbrüche und heftige Erregungen. Ich kann mich daran erinnern, wie ich zu dir sagte, dass mir ihre Augen den Verstand rauben würden. Ich erinnere mich daran, dass du mich nie im Stich gelassen hast. Ich erinnere mich daran, wirklich verrückt gewesen zu sein. Aber sich an eine Verrücktheit erinnern zu können, heißt, dass dieser Zustand, einmal überstanden, mit wirklichem Wahnsinn nichts zu tun hat. Wie war das damals schön – die fiebernden Gedanken, das Herz heiß wie ein Vulkan, die schlaflosen Nächte. Die Liebesqualen trieben mich hin zur Dichtkunst, mit Tränen in den Augen und dem Himmel ganz nah. Aber all das sind mumifizierte Erinnerungen. Und heute? Heute kämpfe ich darum, Fett loszuwerden, und die teure Zainab ist zum Inbegriff familiärer Harmonie, des Fleißes und des Aufstieg geworden. Nichts davon interessiert mich mehr. Sollen sie doch die drei Häuser und das Geld nehmen! Ich behaupte damit nicht, dass ich von den Prinzipien, derentwegen wir einst beinah alle zusammen mit Osman im Gefängnis gelandet wären, nichts mehr wissen will. Aber selbst die damalige Zeit des Kampfs gehört in die Kategorie ›mumifizierte Erinnerung‹. Ich weiß nicht, was mit mir passiert ist oder was mich so verändert hat. Freu dich also, mein Lieber, dass ich der körperlichen Genesung deutlich näher komme, auch wenn ich dabei gleichzeitig einem höchst aparten Wahnsinn verfalle. Dir gehts vielleicht auch bald so.«

»Vergiss nicht, ihn an das Medikament zu erinnern.«

»Hab ich schon gemacht, meine Liebe.«

Ach, Busaina, wie hübsch du bist. Die Knospen deiner Brüste bezeugen der Welt, was Schönheit ist. Ich habe es deiner Mutter überlassen, dich aufs Leben vorzubereiten, sicher deshalb, weil ich noch zu der alten, konservativen Generation gehöre. Du hast von der Welt kaum etwas erfahren; wie einen Kanarienvogel habe ich dich eingesperrt, mehr als die Fahrt mit dem Schulbus kennst du nicht. Was mag sich wohl hinter diesem träumerischen Blick verbergen? Versteckst du vielleicht ein Geheimnis, obwohl doch unsere Gespräche von beglückender Offenheit sind? Welche Wirkung mögen der Geruch dieser nackten Leiber und die Flirtereien beim Spiel in den Wellen auf dich haben? O Gott, lass die Welt so aussehen, dass Busainas Handeln und Denken rechtens ist und ihr kein Übel widerfährt. »So gut ging es uns noch nie.«

»Daran bist du schuld«, erwiderte Busaina und streckte die nackten Beine unter seinem Liegestuhl aus.

»Nur euretwegen verbringe ich mein ganzes Leben im Büro.«

Busaina stützte sich auf die Ellbogen und setzte Brust und Bauch der Sonne aus. Der Himmel war strahlend blau, nur dort, wo die Bucht eine Biegung machte, segelte ein einsames, weißes Wölkchen.

Ohne von ihrer Stickerei aufzusehen, sagte Zainab: »Mach deinem Vater klar, dass momentan nichts wichtiger ist als seine Gesundheit.«

»Auch nicht die Verstaatlichung der Häuser?«, stichelte er.

»Nicht mal die«, erwiderte sie trotzig.

Betont sachlich, als handle es sich um eine amtliche Mitteilung, erklärte er: »Richtig, so muss man sich der Gesellschaft anpassen.«

Zainab hielt den Mund. Er fing den Blick einer hübschen, jungen Dame auf, die, wohl wissend, wie gut sie aussah, an ihnen vorbeistolzierte. Der Blick versetzte seine Sinne in freudiges Entzücken. »Wenn ich wieder zur Normalität zurückkehre, werde ich versuchen, das Leben völlig neu zu begreifen und das wahre Glück zu erfahren.«

»Bitten wir Gott, dass er uns vor allem Übel bewahrt.«

»Gott hats aber lieber, wenn wir ihn darum bitten, allen Menschen Gutes zu bescheren.« Er schaute sie listig an und lachte. »Bloß: Wie soll er das machen?«

Zainab hatte offenbar genug von diesem Geplänkel, sie schwieg. Also überließ er sich wieder seinen Gedanken. Nun gut, er war dünner geworden und verspürte neue Energie, aber trotzdem hielt ihn eine entsetzliche Unruhe gefangen. Er fühlte sich von allem belästigt, von den Fliegen genauso wie von der Arbeit und seiner Frau. Eines Tages würde sich Busaina jemand anderem zuwenden und die kleine Gamila, die jetzt noch Pyramiden aus Sand baute, auch.

Herrgott nochmal, was willst du eigentlich? Warum verspürst du solch eine bedrückende Stille, obwohl es um dich herum lärmt? Warum sagt dir deine innere Stimme, dass etwas ungeahnt Beängstigendes geschehen wird? Ständig hast du das Gefühl, dass alle Bindungen knarrend und ächzend in die Brüche gehen, dass unerschütterliche Werte ins Wanken geraten, dass dir die Zähne auszufallen drohen. Du wirst immer mehr Gewicht verlieren, und irgendwann hebst du ab und irrst im Weltall herum. Nimm jedes Ding fest in die Hand, schau es dir gründlich an, denn nicht lange, und die Formen werden sich auflösen. Niemand wird sich dann noch für dich interessieren. Die Wellen spülen die schöne Pyramide aus Sand fort, und der Wind treibt die Zeitungen vor sich her, in denen außer den Todesanzeigen keine einzige beständige Wahrheit steht. Da sagt doch tatsächlich ein Klient, dass er seinen Fall nur in die Hände eines ehrenwerten Meisteranwalts legen will. Was für ein absurder Gedanke! Wir alle, meine sehr verehrten Herren Kollegen, arbeiten doch schon längst im gleichen Unternehmen, und das trägt den Namen – Nationalzirkus.

»Warum bist du so nachdenklich, Schatz?«

»Ach, es ist nichts.«

»Gehts dir wirklich gut?«

»Denk schon.«

»Meine Erfahrung sagt mir, dass ich mich um dich kümmern muss.«

»Und die Erfahrung muss man achten.«

»Soll ich dir sagen, was die Köchin meint?«

»Die Köchin hat eine Meinung?«

»Sie sagt, dass Männer, die Erfolg haben, besonders anfällig für den bösen Blick sind.«

»Und das glaubst du?«

»Natürlich nicht, aber wenn man besorgt ist und keinen Rat weiß, glaubt man alles Mögliche.«

»Großartig, dann brauchst du ja bloß noch eine Teufelsbeschwörerin aufzusuchen.«

»Früher warst du nicht so sarkastisch.«

Er grinste. »Ein bisschen Sarkasmus kann nicht schaden.«

»Nun gut, ich will dir nicht länger zusetzen, mein Lieber.«

Auf dem Heimweg ließ sie die beiden Mädchen vorgehen. »Es gibt eine Neuigkeit, eine sehr erfreuliche«, murmelte sie.

Bemüht, sich seine Verzweiflung nicht anmerken zu lassen, schaute er sie betont gelassen an.

»Ich habe bei Busaina etwas entdeckt, auf das wir nie gekommen wären.«

»Etwas anderes als letztes Jahr?«

»Aber ja doch, sie dichtet!«

Verdutzt hob er die buschigen Brauen.

»Wirklich. Ich habe beobachtet, dass sie ständig irgendetwas schreibt. Und dann zerreißt sie alles wieder und fängt von vorn an. Schließlich hat sie mir gestanden, dass sie Gedichte schreibt. Ich hab gelacht und gesagt ...«

»Was hast du gesagt?«

»Dass du dein Leben auch als Dichter begonnen hast.«

Er runzelte die Stirn. »Und hast du ihr auch gesagt, wie es geendet hat?«

»Aber es ist doch schön, wenn ein Mädchen in ihrem Alter dichtet.«

»Gewiss.«

»Du musst ihre Gedichte lesen und ihr mit deinen Ratschlägen helfen.«

»Hätten meine Ratschläge irgendeinen Wert, hätte ich mir selbst helfen können.«

»Aber freust du dich denn nicht?«

»Doch, sehr sogar.«

4

Der kurze Anfall von Glücksempfinden legte sich rasch, und stattdessen überkam ihn eine Unruhe, die fast schon an Panik grenzte. Derart bedrängt hatte er sich in den letzten zwanzig Jahren noch nie gefühlt.

Er rief Busaina und bat sie, sich zu ihm auf die Terrasse zu setzen. Sie trug eine brokatbestickte Bluse und eine braune, sehr enge Hose. Als sie ihm gegenüber Platz nahm, sagte er: »Ich dachte, es wäre schön, wenn du mit mir den Sonnenuntergang genießt.« Im Gefühl, dass sie sich gleich entschuldigen würde, weil sie zu dieser Zeit immer mit Mutter und Schwester auf der Corniche spazieren ging, fügte er schnell hinzu: »Du kannst ihnen ja gleich hinterhergehen, aber von hier aus den Sonnenuntergang zu beobachten, müsste doch einer Dichterin gefallen, oder nicht?« Er musste lächeln, als er sah, wie sich ihre Wangen röteten.

»Ach was, ich bin doch keine Dichterin.«

»Aber du schreibst doch Gedichte?«

»Woher soll ich wissen, ob das wirklich Dichtung ist?«

»Ich schaus mir an, und dann werde ich es dir sagen.«

»Bitte nicht ...«, murmelte sie verschämt.

»Aber wir haben doch keine Geheimnisse voreinander, und ich bin sehr stolz auf dich.«

»Das ist alles nur so ein Geschreibsel.«

»Ich werde es mögen, selbst wenn du es für banal hältst.«

Sie schlug die Lider nieder, und die langen, gebogenen Wimpern berührten fast die Wangen. Offenbar hatte sie das Gefühl, sich in ihr Schicksal fügen zu müssen.

Er sah sie aufmerksam an. »Erklär mir doch mal, warum du ausgerechnet auf Gedichte kommst ...«

»Ich weiß nicht.«

»Deine große Stärke liegt doch in den naturwissenschaftlichen Fächern, wieso findest du plötzlich an Lyrik Gefallen?«

Sie runzelte die Stirn, als falle es ihr schwer, sich zu erinnern. »Es fing mit den Gedichten an, die ich für die Schule lesen musste. Sie haben mir wirklich sehr gefallen.«

»Das geht vielen Leuten so.«

»Aber ich war viel stärker beeindruckt als meine Mitschüler, glaube ich.«

»Hast du noch andere Gedichte gelesen?«

»Ja, sicher, ganze Bände.«

»Ganze Bände?«

Busaina lachte. »Ich habe sie mir bei dir ausgeborgt.«

»Tatsächlich?«

»Und deshalb weiß ich, dass du auch ein Dichter bist.«

Er verspürte einen Stich im Herzen, und um sich seinen Schmerz nicht anmerken zu lassen, gab er vor, höchst amüsiert zu sein. »Ach was, ich bin doch kein Dichter. Das war alles nur Kinderkram.«

»Aber sicher warst du ein Dichter. Jedenfalls fühlte ich mich auf einmal von Gedichten sehr angezogen.«

Bester Freund, du schwärmst vom Theater, ich aber will einzig und allein ein Dichter sein. Ein Strudel reißt mich mit sich, und das Dichten ist das Einzige, was mich retten kann – für mich bedeutet es das Leben. Wie sonst soll man mit all der Liebe umgehen, die einen umhüllt wie die Luft? Was tun mit den heimlichen Gefühlen, die einen wie Feuer brennen? Wie sonst soll man diesem Sein begegnen, das gnadenlos auf uns einprügelt? Also bitte, lieber Freund, sei nicht so überheblich, die Dichtkunst gering zu schätzen. »Erzähl mir mehr.«

Offenbar hatte sie wieder zu ihrem gewohnten Selbstbewusstsein zurückgefunden, denn als sie zu sprechen begann, klang ihre Stimme sehr souverän. »Es ist, als lauschte ich auf Töne, die durch die Luft schwirren.«

»Das hast du schön gesagt, Busaina. Und es ist auch völlig in Ordnung, solange es dein Leben nicht durcheinander bringt.«

»Was meinst du damit?«

»Ich meine deine Ausbildung und deine Zukunft. Aber jetzt lass mich erst mal einen Blick auf deine Gedichte werfen.«

Sie brachte ein Notizbuch mit silbernem Einband, und er begann voller Respekt, Zärtlichkeit und Ungeduld zu lesen. Dennoch drängte sich ihm während der Lektüre das Jahr 1935 auf, und es war, als wollte ihn diese Erinnerung foppen. Das Jahr der Entbehrung, Hoffnung und Geheimnisse. Die schier unerträgliche Unruhe. Das Träumen von der Stadt Utopia. Der vor Aufregung zitternde Osman, als er behauptete, die magische Lösung für alle Probleme gefunden zu haben.

Ist die Kleine verliebt? O Gott, sie ist tatsächlich verliebt. Diese Knospe, die sich noch nicht geöffnet hat. Wer mag der Schöne sein, dessen Atem die Wolken sind und die Sonne sein Spiegel? Zu dem sich die Zweige sehnsuchtsvoll hinunterbeugen? Warum sind wir verstört, wenn unsere Kinder in unsere Fußstapfen treten? Und was würde wohl mein Vater sagen, wenn er hörte, dass ich mit seiner Enkelin über die Liebe rede?

»Das ist tatsächlich Lyrik.«

»Wirklich?«, rief Busaina, und ihre Augen strahlten.

»Schöne Gedichte.«

»Du willst mir ja bloß Mut machen, oder?«

»Nein, das ist meine ehrliche Meinung.« Er schaute ihr tief in die Augen, lächelte und fragte: »Und wer ist er?«

Jetzt leuchteten die Augen nicht mehr, sie sah enttäuscht aus. »Wer?«

»Dem diese Hymnen gelten.« Mit Nachdruck in der Stimme fügte er hinzu: »Wir haben noch nie Geheimnisse voreinander gehabt.«

»Es geht nicht um eine Person«, lautete ihre etwas rätselhafte Antwort.

»Wie es scheint, bin ich nicht mehr dein Freund, dem du vertraust.«

»Nein, aber es geht hier wirklich nicht um einen Menschen.«

»Ich würde ihn gern kennen lernen.«

»Aber wenns doch kein Mensch ist!«

»Dann ist er ein Engel?«

»Auch kein Engel.«

»Was dann? Ein Traum, ein Symbol?«

Sichtlich verwirrt erwiderte Busaina: »Schon möglich, es ist das Höchste aller Dinge.«

Er wischte sich den Schweiß von der Stirn, zwang sich, mit großem Ernst weiterzusprechen und sich jegliche Geringschätzung oder Spott zu verbieten. »Dann bist du also in das Geheimnis allen Seins verliebt?«

Ihr Mut schien sie verlassen zu haben, denn ziemlich nervös antwortete sie: »Vielleicht.«

Was sind wir doch für Dummköpfe, wenn wir uns für größere Sonderlinge halten, als es die anderen sind. »Und wie kam das?«

»Ich weiß nicht recht. Es ist schwierig, das zu erklären. Außer dass ich in deinen Gedichten den ersten Anstoß fand.«

Er lachte gequält. »Das ist ja die reinste Familienverschwörung. Kaum wusste deine Mutter, was du treibst, hat sie dir mein Geschreibsel gezeigt, das du Dichtkunst nennst.«

»Aber es sind wirklich wunderbare Gedichte, die einen ungeheuer inspirieren.«

Er brüllte los vor Lachen, so laut, dass das Geklimper eines mechanischen Klaviers, das von der Straße heraufdrang, plötzlich verstummte. »Endlich habe ich jemanden gefunden, der mich bewundert! Mit Lyrik hat das nichts zu tun, eher schon mit Auswüchsen fiebriger Wahnvorstellungen. Glücklicherweise konnte ich das rechtzeitig stoppen.«

»Aber ich bin ganz hingerissen davon.«

»Wie mir scheint, bist du auch beim Lesen höchst kreativ.«

»Wie kannst du so etwas sagen!«

»Dann ist also das Dichten deine Liebe?«

»Deine doch auch.«

Das war einmal. Es gibt keine Liebe mehr. Jetzt empfindet mein Herz nur noch Trauer über alles, was verloren ging. Zwischen den Sternen herrschen Leere und Dunkelheit. Millionen Lichtjahre entfernt.

»Was rätst du mir, Papa?«

»Ich kann nur sagen, mach, was du für richtig hältst.«

Sie lächelte verschmitzt. »Und wann fängst du wieder an zu dichten?«

»Um Himmels willen! Da bete ich lieber zu Gott, dass er mich wieder ins Büro zurückkehren lässt.«

»Was mich wirklich wundert, ist, wie du das Dichten so leicht hast aufgeben können.«

»Ach, das war doch nur Spielerei.«

»Aber du hast einen ganzen Band veröffentlicht.«

»Ich habe mir immer eingeredet, später weiterzumachen ...«

»Und warum hast du es nicht gemacht?«

Schon verzog er spöttisch die Lippen, da packte ihn der

Wunsch, einmal offen und ehrlich einzugestehen, wie es wirklich gewesen war. »Es hat mir niemand zugehört.«

Quälendes Schweigen. Mustafas gut gemeinter Rat: Beharrlichkeit und Geduld. Osmans Eifer: Stürze dich mit deinen Gedichten in die Revolution, und du wirst tausende von Zuhörern haben. Dieses Schweigen zerrte an deinen Nerven, du fühltest dich ausgestoßen. Kaum hatte dich die Liebe zur Dichtkunst erobert, machte sie dir klar, dass du sie nicht besitzen wirst. Und dann, als Mustafa erleichtert verkündete, dass das Talia-Theater sein Stück angenommen hatte, wurde das Schweigen noch unerträglicher. Da beschloss Samson, den Tempel zu zerstören, und gleich darauf fiel er in tiefen Schlaf.

»Muss einem denn jemand zuhören, Papa?«

Er ließ eine Strähne ihres schwarzen Haars durch die Finger gleiten und sagte nachdenklich: »Warum soll man das Geheimnis menschlichen Seins dem Schweigen entreißen, nur um ein noch größeres Schweigen heraufzubeschwören?« Er schaute sie zärtlich an. »Wünschst du dir denn nicht, dass sich die Leute deine Gedichte anhören?«

»Natürlich, aber wenn nicht, mache ich trotzdem weiter.«

»Richtig, du bist eben tüchtiger als dein Vater, das ist alles.«

»Aber du kannst doch wieder schreiben, du musst nur wollen.«

»Das Talent ist dahin, für immer und ewig.«

»Das glaub ich einfach nicht. Für mich bist und bleibst du ein Dichter.«

Was hat ein ungeschlachter Kerl wie ich mit Dichtung zu tun? Der dauernd nur an Prozesse denkt? Und an neue Immobilien? Der so viel frisst, dass es ihn krank macht? Selbst Mustafa hat trotz seines Erfolgs unlängst gestöhnt, dass alles völlig sinnlos sei. Als er auf dem Sofa saß, mit krummem Rücken und in sich zusammengesackt, sah er wie ein Greis aus. Du warst besorgt und hast versucht, ihn damit zu trösten, dass das Talia-Theater seine Stücke gern spielt, was zeigt, dass sie wirklich gut sind. Er winkte verächtlich ab. »Ich sollte mir an dir ein Beispiel nehmen und mein Leben überdenken.«

»Du warst es doch, der immer Beharrlichkeit und Geduld gepredigt hat.«

Er lachte, nein, grunzte vielmehr höhnisch. »Um das Publikum kommst du nicht herum, du musst dich nach ihm richten.«

»Willst du etwa wieder als Anwalt arbeiten?«

»Du liebe Güte, das Gesetz ist doch noch vor der Kunst gestorben. Tatsache ist, dass sich das Verständnis von Kunst völlig verändert hat, bloß haben wir es nicht bemerkt. Heutzutage geht es nur noch um billiges Amüsement. In Zeiten der Wissenschaft ist etwas anderes nicht mehr möglich, also bleibt uns nur noch der Zirkus.«

»Nun ja, von unserer Truppe ist einer nach dem anderen gescheitert.«

»Sag besser, dass wir endlich erwachsen geworden

sind. Du, der erfolgreiche Anwalt, bist das beste Beispiel dafür. Meiner Meinung nach ist in diesem Jahrhundert seichte Unterhaltung genau das, worauf die lethargische Masse wartet. Was wir für echte Kunst halten, ist für sie wie ein Stern, der vor Millionen Jahren erloschen ist. Also ist es höchste Zeit, erwachsen zu sein und den Faxenmacher zu spielen.«

»Ich glaube, dass die Philosophie die Kunst kaputtgemacht hat.«

»Die Wissenschaft hat beide erledigt, die Philosophie und die Kunst. Also her mit den billigen Freuden, akzeptieren wir sie mit der Naivität von Kindern und dem Humor von Männern. Her mit den seichten Geschichten, dem schrillen Gelächter, den albernen Bildern und weg mit dem trügerischen Glauben an Größe, Würde und Gelehrtheit. Begnügen wir uns mit dem Beifall der Masse und einem Haufen Geld.«

Du hast dich über diese Worte gefreut, und gleichzeitig haben sie dich traurig gemacht. Du warst so hin- und hergerissen, dass es fast schon schmerzte. Bestürzt hast du an den gedacht, der noch immer im Gefängnis saß. Geblieben war dir der kleine Glatzkopf, der dich, angesichts deines Misserfolgs, auf so nette Art tröstete, dass es Balsam für deine Seele war. Er machte – völlig unerwartet – seinen Weg und sollte schon bald nach noch mehr Ansehen streben, allerdings dank reichlich banaler Mittel. Du aber, der doch das Geheimnis des Lebens ergründen wollte, bist ein dicker, reicher Anwalt geworden, der im Luxus erstickt.

»Wenn es stimmt, was du über die Wissenschaft sagst, sind wir eigentlich nichts anderes als Schmarotzer, an denen das Leben vorbeizieht.«

»Ach was, wir sind erfolgreiche Männer, die tief im Herzen eine große Trauer mit sich herumtragen. Es wäre nicht besonders klug, wenn wir die alten Wunden aufreißen.«

»Genau genommen gehören wir einem verflossenen Jahrhundert an.«

»Um Gottes willen, nun stocher doch nicht in der Wunde herum!«

»Die Wissenschaftler sind stark, weil sie auf die Wahrheit eingeschworen sind, wir hingegen schöpfen unsere ganze Kraft nur aus dem Scheffeln von Geld, was, wie jeder täglich erleben kann, immer weniger mit rechtmäßigem Erwerb zu tun hat.«

»Deshalb sage ich, dass der Tod die einzig wahre Hoffnung im Leben des Menschen ist.«

Omar gab sich einen Ruck; voller Zärtlichkeit richtete er den Blick auf Busainas grüne Augen. »Hör mal, Liebes, versprichst du mir, dass du deine wissenschaftliche Ausbildung nicht vernachlässigst?«

»O ja, natürlich, aber das Dichten wird in meinem Leben das Schönste bleiben.«

»Meinetwegen, darüber will ich nicht mit dir streiten. Du kannst auch als Ingenieurin Gedichte schreiben.«

»Offenbar macht dir meine Zukunft Sorgen.«

»Sicher. Ich will nicht, dass du eines Tages aufwachst

und dich in der Steinzeit befindest, während alle anderen im Zeitalter der Wissenschaft leben.«

»Aber das Dichten ...«

Er unterbrach sie. »Wie gesagt, ich will nicht mit dir streiten. Aber für meinen Freund Mustafa ist die Wissenschaft alles – Religion, Dichtkunst, Philosophie. Wie auch immer, ich bin stolz auf dich.«

Es war so weit, die Sonne trat ihren Weg in unbekannte Gefilde an. Die große, rote Scheibe verlor ihre sengende Kraft, wurde vom Verborgenen verschluckt; man konnte sie betrachten, als schaute man aufs Wasser. Haufenwölkchen segelten um sie herum und ergänzten mit ihren rot gefärbten Rändern das Schauspiel der Farben auf wunderbare Weise.

Willst du wirklich wissen, Mustafa, was mein Geheimnis ist? Aus der Qual meines Misserfolgs schöpfe ich jene Kraft, von der wir glaubten, dass sie ein Verderben sei, und die wir deshalb zerstören wollten. Aber was solls, lieber Freund, du weißt schon lange um mein Geheimnis.

5

Im Licht der sinkenden Abendsonne sah Zainab gesetzt, ja fast würdig aus. Ihre Leibesfülle ließ sie als Urbild satter Selbstzufriedenheit und protzigen Wohlstands erscheinen. So dick die Wangen auch sein mochten, eine Spur der früheren Schönheit hatte sie sich noch bewahrt. Der ernste Blick ihrer grünen Augen besaß noch einen gewissen Zauber, auch wenn er ihm fremd vorkam. Die ganze Frau war ihm fremd, gerade so, als hätte er sie noch nie gesehen. Es war die Frau eines anderen Mannes, dem von gestern, der sich noch nicht müde und abgestumpft fühlte und an sich selbst zuletzt dachte. Was hatte diese Frau mit dem neuen Mann zu tun? Dem Kranken ohne Krankheit, der kein Gramm Fett und kein einziges Glas Whisky zu sich nehmen durfte, der die Warnung vor unendlich vielen Gefahren, die in der feuchten Luft lag, nur allzu gut wahrnahm.

Die beiden Mädchen, die vorausgingen, gaben ein hübsches Bild ab. Gamila balancierte auf der Steinbrüstung der Strandpromenade, und Busaina hielt fürsorglich ihre Hand. Hier, zwischen Glim und Sidi Bischr, war das Gedränge nicht ganz so schlimm. Busaina zog die Blicke etlicher junger Männer auf sich, und manche flüsterten ihr auch etwas zu. Er konnte es zwar nicht verstehen, aber er ahnte, worum es ging. Im Innern musste er lächeln. Zwei oder drei Jahre würden vergehen, und er wäre Großvater. Das Leben würde immer so weitergehen – nur, wie würde es enden? Er schaute zum Himmel hinauf, der jetzt, da die Sonne untergegangen war, fahl aussah. Lediglich ein Rest Abendröte färbte noch den Horizont. »Früher haben sich die Menschen gefragt, wo die Sonne hingeht. Wir fragen uns überhaupt nichts mehr.«

Zainab schaute kurz zum Himmel auf. »Ist doch wunderbar, solche Fragen nicht mehr zu haben.«

Wieder eine dieser Antworten, die allein von der Vernunft diktiert sind. Du kriegst jedes Mal ein Würgen im Hals, so sehr regen sie dich auf. Rationales Verhalten macht dich wütend, auch wenn es keinen Grund dafür gibt. Ach, würde doch das Meer tosend wüten, und alle, die noch am Strand herumlungern, hinauf auf die Promenade schleudern. Würden die Spaziergänger doch nur einmal aus der Reihe tanzen und völlig idiotische Sachen anstellen. Würde doch das große Kasino einmal plötzlich losfliegen, bis hoch über die Wolken. Würden doch auf einen Schlag all die ewig gleichen Bilder zu Bruch gehen! Da hämmerte dir dann das Herz im Gehirn, und alles, was da kreucht und fleucht, würde sich mit den Vögeln beim Tanz vereinen.

Die beiden Mädchen hielten kurz vor dem San-Stefano-Kino an, dann gingen sie weiter. Plötzlich hakte sich Zainab bei ihm ein, und im gleichen Moment fragte sie leise: »Sag mal, Omar, was hast du eigentlich?«

Er schaute sich um, lachte spöttisch und sagte: »Alle Welt flirtet.«

»Das war schon immer so, also was ist los mit dir?«

Als hätte er die Frage nicht gehört, erklärte er: »Busaina weiß so vieles noch nicht. Das fiel mir auf, als ich ...«

»Ich kenne meine Pflichten«, fuhr sie ihn scharf an. »Sie hat einen guten Kern, und das ist das Wichtigste. Du willst mir bloß ausweichen.«

O ja, deine Seele sehnt sich danach, allem zu entkommen. Flucht – das ist der Zauberschlüssel, der dir im Brunnen zugeworfen wird. »Wieso weiche ich aus?«

»Du weißt genau, was ich meine, gibs endlich zu.«

»Etwa ein Verbrechen?«

»Dass du nicht mehr du selbst bist.«

Käme doch nur ein Sturm, der diese widerwärtige Feuchtigkeit davontriebe! »Ach, wirklich?«

»Du bist nur noch körperlich anwesend. Manchmal macht mich das so traurig, dass ich sterben möchte.«

»Aber du siehst doch tagtäglich, mit welch eiserner Disziplin ich mich der Diät unterwerfe.«

»Um die Wahrheit zu sagen, frage ich mich, was dahinter steckt. Dein ganzes Benehmen ist für mich eine einzige Frage.«

»Wir haben die Sache nun wirklich oft genug besprochen.«

»Sicher, aber vielleicht gibt es etwas Bestimmtes, das dich bedrückt?«

»Ach was.«

»Ich möchte dir glauben können.«

»Wie es scheint, glaubst du mir überhaupt nicht mehr.«

»Ich habe das Gefühl, dass du ein Problem hast. Vielleicht im Büro oder auf dem Gericht oder mit irgendeiner Person. Du bist sehr sensibel und verstehst es so gut, dir nichts anmerken zu lassen, wenn du deprimiert bist.«

»Ich weiß nicht, was mir fehlt, deshalb bin ich ja zum Arzt gegangen.«

»Du hast mir nie erzählt, wie das angefangen hat.«

»Hab ich doch, und zwar oft genug.«

»Du hast mir nur erzählt, was der Arzt gesagt hat, aber nicht, wie du selbst deinen Zustand einschätzt.«

Da war wieder dieses unbändige Verlangen, offen und ehrlich zu sprechen. »Sicher, es gibt eine Veränderung, aber es ist schwer zu sagen, wann und wie sie begonnen hat. Es gab ein Erlebnis, an das ich mich ganz genau erinnere. Ich hatte mit einem Klienten zu tun, der in einen Streit um den Grund und Boden von Sulaiman Pascha verwickelt war. Er versicherte mir, dass ich ihn mit meiner Detailkenntnis sehr beeindruckt und zu Recht einen so guten Ruf hätte. Er sei guter Hoffnung, den Prozess zu gewinnen. Als ich ihm zustimmte, lachte er, und zwar ausgesprochen hämisch. Plötzlich wurde ich, ohne einen bestimmten Grund zu haben, fürchterlich wütend. Ich fragte ihn, was er denn machen würde, wenn ihm der Boden tatsächlich zugesprochen würde, aber dann die Regierung käme und ihn enteignete. Er schüttelte verächtlich den Kopf und erklärte, dass es im Augenblick nur darum gehe, den Prozess zu gewinnen. Und dann fügte er hinzu: ›Genießen wir nicht unser Leben, obwohl wir wissen, dass Gott es uns nehmen wird?‹ Wohl oder übel musste ich der Logik dieses Arguments zustimmen, aber das war nicht das Schlimme. Denn plötzlich drehte sich mir alles im Kopf, und ich nahm nichts mehr wahr.«

Zainab sah ihn überrascht an. »Das war der Grund?«

»Das weiß ich nicht genau. Aber von da an ging eine Veränderung in mir vor. Was dieser Mann gesagt hat, hört man Millionen Menschen tagtäglich sagen, ohne dass irgendjemand davon beeindruckt ist. Deshalb ist mir meine Reaktion völlig unverständlich.«

»Du bist doch klug genug, um den Tod als das zu nehmen, was er ist.«

»Tja, bloß: Was sollte das sein?«

»Glücklicherweise weiß man das ja.« Sie schaute ihn neugierig an. »Und von da an hast du die Arbeit gehasst?«

»Aber nein, nein, ich kann es nicht genau sagen. Vielleicht war es schon vorher so, vielleicht auch viel später.«

»Um ehrlich zu sein, deprimiert mich das sehr, am liebsten würde ich darüber nicht mehr sprechen.«

»Liegt dir meine Arbeit so sehr am Herzen?«

»Du liegst mir am Herzen, es geht nur um dich.«

Erst hast du einen Fall aufgeschoben, dann den zweiten und den dritten. Du verbringst den lieben langen Tag damit, dich im Sessel zu lümmeln und die Beine unter dem Schreibtisch auszustrecken. Du rauchst eine Zigarette nach der anderen und starrst stumpfsinnig an die Decke. »Ich bin müde vom Laufen.«

»Aber sonst läufst du doppelt so weit!« Sie schlug die Augen nieder. »Jetzt bin ich dran, ich muss dir etwas gestehen. Höchstwahrscheinlich bin ich schwanger.«

Sein Magen drehte sich um; auf einmal verspürte er ein geradezu schmerzliches Verlangen nach dem Zauberschlüssel, der ihm die Flucht ermöglichte. »Aber ...«, stammelte er.

Betont ruhig erklärte sie: »Gottes Wille ist eben stärker als all unser Tun, mein Lieber.« Sie presste seinen Arm. »Außerdem hast du noch nicht das Glück gehabt, deinen Kronprinzen zu empfangen.«

Sie kehrten um und gingen zurück. Zainab lächelte ihn zärtlich an, und als dieser Blick nicht mehr enden wollte, schlugen für ihn alle Glocken Alarm. Ein kleiner Schnaps, dachte er, würde ihm helfen, sich weniger apathisch zu fühlen und die Rolle als liebender, glücklicher und gesunder Ehemann zu spielen.

Nach wenigen Stunden Schlaf wachte er in aller Herrgottsfrühe auf. Es war noch dunkel, und durch die Stille des Morgens drang das stürmische Tosen des Meers an sein Ohr. Zainab schlief tief und fest wie ein satter Säugling. Der Mund stand halb offen, ein leises, aber stetiges Schnarchen war zu hören. Das aufgelöste Haar sah zerzaust aus. Und du? Quälst dich herum, als hätte dir das Schicksal beschieden, dich selbst umzubringen. Gesteh es dir ruhig ein, du liebst sie nicht mehr. Nach all den langen

Jahren der Liebe, der ehelichen Gemeinschaft und Treue kommt zum Schluss heraus, dass du sie nicht mehr liebst. Nicht der kleinste Rest Liebe ist noch geblieben. Schon möglich, dass sich dieses Gefühl wieder legt, wenn du gesünder bist. Aber im Augenblick steht fest, dass du sie nicht liebst. Das ist die bitterste Erfahrung, die du je gemacht hast. Du hörst sie schnarchen, und weder rührt dich das, noch musst du schmunzeln. Du schaust sie an und fragst dich, was mit ihr oder mit dir geschehen ist und wer euch diese verfluchte Posse aufgezwungen hat.

»He, Mustafa, schau dir mal die Hübsche da an.«

»Die aus der Kirche kommt?«

»Genau. Sie trägt Schwarz, weil ihr Onkel gestorben ist. Wie schön sie ist!«

»Und was ist mit ihrer Religion? Sie ist Christin.«

»Das interessiert mich nicht.«

Du hast ihr gesagt, wie glücklich es dich macht, sie kennen lernen zu dürfen. Du hast dich ihr selbst vorgestellt, in einem öffentlichen Park, und sie hat leise, kaum vernehmbar, geflüstert: Kamelia Fuad.

»Liebste, unsere Liebe wird stärker als alles andere sein und jedes Hindernis überwinden.«

Ein Seufzer, und dann: »Ich weiß nicht.«

Es ging hoch her, und mitten in all dem Gezeter hat Mustafa gelacht und gesagt: »Ich kenn dich schon seit Adams Zeiten und weiß, dass du eine Schwäche für Probleme hast. Aber das ist wirklich ein starkes Stück. Erst sorgst du in deiner Familie für Sturm, dann entfachst du in ihrer Familie einen regelrechten Orkan, und ich, ich stehe mitten dazwischen und sehe dem Treiben verblüfft zu.«

Aber dann, als es endlich so weit war, das Glas zu heben, zeigte Mustafa sich als wahrer Freund. »Glückwunsch euch beiden«, jubelte er. »Ihr habt die Vergangenheit hinter euch gelassen und Opfer gebracht, allerdings hat die Braut sehr viel mehr geopfert. Ein Glaubensbekenntnis hat etwas Tyrannisches, denn es beherrscht einen selbst dann noch, wenn man sich davon abgekehrt hat. Auf deine Gesundheit, Zainab, und auf dich, Omar.« Er nahm dich zur Seite und lallte: »Vergiss nicht, dass auch schmerzliche Tage kommen werden, aber über allem steht die Liebe. Denk immer daran, dass deine Frau ihren Namen und ihre Familie aufgegeben hat und all ihre Wurzeln abgeschnitten sind. Außer dir hat sie jetzt niemanden mehr.«

Du hast eine unglaublich aktive, gewandte Frau geheiratet, eine bezaubernde Persönlichkeit, ein so vorbildliches und wohlerzogenes Wesen, dass selbst Nonnen nichts auszusetzen gehabt hätten. Die junge Ehefrau erwies sich als weise Meisterin, wenn es darum ging, die Dinge des Lebens in die Hand zu nehmen und zu regeln. Nie erlahmte ihre Kraft, und mit scharfem Blick erkannte sie, wie man aus wenig Geld mehr Geld machen konnte. Mit ihrer Hilfe hast du den Sprung aus dem Nichts geschafft, bist erfolgreich und vermögend geworden. Die Wärme ihrer Liebe spendete dir nicht nur Trost bei Misserfolgen, sondern spornte dich an zu den schönsten Gedichten. Diese Frau bedeutete dir alles: Liebe, sexuelle Befriedigung, Reichtum, Erfolg – und was war daraus geworden?

Zainab drehte sich um, das Nachthemd schob sich nach oben, und sie lag mit entblößtem Unterkörper da. Mit einem Satz sprang er aus dem Bett. Er ging auf die Terrasse und zog die Tür leise hinter sich zu. Es wehte ein kräftiger Wind. Eine Welle nach der anderen rollte aufs Ufer zu, und die schäumende Gischt schlug an die Kabinenpfosten. Am fahlen Himmel zogen graue Wolken entlang, tauchten den frühen Morgen in nebliges Licht. Noch hat keines Menschen Schritt den Sand berührt, noch bist du nicht fähig, dich zu etwas durchzuringen. Selbst die kühle Luft bringt dir keine Linderung. Wie lange musst du noch warten, bis du genesen bist? Könntest du wenigstens Mustafa fragen, woher diese Zerrissenheit kommt, dieses ständige Aufrechnen von einerseits und andrerseits! Auch wenn er meint, heutzutage nur noch Popcorn und Melonenkerne zu verkaufen, ist er doch ein kluger Kopf. Warum stand für dich die Arbeit immer an erster Stelle, warum kam Zainab immer erst danach? Was für eine mächtige Welle! Hoch türmt sie sich auf, bevor sie bricht und tonnenweise Gischt verschäumt, nur um sich dennoch friedlich ins Ende zu schicken. Großer Gott, natürlich: Zainab und die Arbeit – das läuft jetzt aufs Gleiche hinaus. Die Krankheit, die dich von der Arbeit abhält, verleidet dir auch Zainab. Sie ist der Motor, der dich am Rotieren hält, sie steht als Symbol für Tüchtigkeit, Erfolg, Geld, Reichtum … und letzten Endes Krankheit. Weil dich all diese Dinge anekeln, ekelst du dich vor dir selbst, oder anders gesagt: Weil du dich vor dir selbst ekelst, ekelt dich auch alles andere an. Aber außer dir hat Zainab niemanden, du bist ihr Ein und Alles. Die letzte Nacht war bitter. Ein armseliger, glückloser Liebesakt, und alles, was davon übrig blieb, waren Hitzegefühl, rasender Pulsschlag, erhöhter Blutdruck, Magenkrämpfe und ... fürchterliche Einsamkeit. Einsam wie die Welle, die vom Sand aufgesogen wird und nie mehr zurückkehren kann. Trällert Zainab ein Liebesliedchen, verstummst du. Ergreift sie die Initiative, sitzt du zerstreut herum. Sie liebt, du hasst. Sie ist schwanger, du bist nahezu impotent. Sie ist sensibel und umsichtig, du bist stumpfsinnig. Meint sie, dass du schweigsamer als sonst bist, sagst du, dass deine Stimme bloß nicht zu hören ist. Sagst du, dass das Land, heute mühsam in einem Prozess erkämpft, vielleicht morgen schon von der Regierung beschlagnahmt wird, bekommst du zu hören, dass wir alle unser Leben genießen, obwohl wir wissen, dass Gott es uns nehmen wird. Kalt und lieblos geht es in der Welt zu, und die Wogen schlagen hoch, bis an die Grenze des Wahnsinns, brechen sich gischtig schäumend und rollen dem Ende entgegen. Des Schlafes Grab wird dich bergen, doch Ruhe findest du nicht. Dein Kopf wird immer neue Hirngespinste gebären. Schon überlegst du, den Arzt ein zweites Mal aufzusuchen, weil es mit dir stärker bergab geht, als du dachtest. Was also willst du? Wissen, neue Erkenntnisse? Unwichtig. Faire Prozesse? Vergiss es. Noch mehr Geld scheffeln? Wozu? Ein glückliches Heim? Schrecklich. Immer wieder alberne

Schlagzeilen lesen? Trostloser Gedanke. Wie wärs mit einer Reise ins Weltall? Schwing dich auf die Wellen des Lichts, ihre Geschwindigkeit ist das einzig Gesicherte in diesem Sein, das keinen Halt bietet, das sich unaufhörlich verändert, das, vom Wahnsinn befallen, schwankt und bebt.

Der erste Entdecker des Weltalls, Verkäufer von Bazillen, Verkünder verlogener Nachrichten.

6

Ende August kehrte die Familie nach Kairo zurück. Als Omar auf dem Weg ins Büro am Azhar-Platz vorbeikam, stieg Ärger in ihm auf. Nichts hatte sich geändert, der schmutzig graue Platz lud niemanden zum Verweilen ein, man überquerte ihn so schnell wie möglich. In der Kanzlei wurde er herzlich begrüßt, vor allem von Machmud Fahmi, seinem Assistenten. Binnen weniger Minuten brachte man ihm mehrere Ordner mit den Akten der aufgeschobenen oder noch zu überprüfenden Fälle. Der September brachte stickige Tage, aber ein angenehmer Wind machte die Luft erträglich. Am frühen Morgen versprachen weiße Wölkchen sogar etwas Schatten.

Mustafa al-Minjawi umarmte ihn lange und herzlich, und die beiden Männer küssten sich freundschaftlich. Wie sie so voreinander standen, boten sie ein lustiges Bild: Der groß gewachsene Omar und der eher kleine Mustafa, der mit nach hinten geneigtem Kopf zu ihm aufschaute, sodass das Licht der silberglänzenden Lampe auf seine Glatze fiel. Er ließ sich in den großen Ledersessel vor dem Schreibtisch fallen und sagte: »Schlank wie eine Gazelle, bravo!« Er nahm sich aus dem mit Perlmutt verzierten Kästchen, das beim Öffnen eine

Melodie spielte, eine Zigarette, zündete sie an und fuhr fort: »Ich habe öfter daran gedacht, dich in Alexandria zu besuchen, aber familiäre Verpflichtungen riefen mich nach Ras al-Bar. Abgesehen davon war ich die ganze Zeit mit einer neuen Rundfunkreihe beschäftigt.« Er schaute auf die vielen Aktenordner, wartete darauf, dass Omar etwas sagte. Aber der lächelte nur etwas verloren, sodass Mustafa sich genötigt sah, ihn etwas fordernder anzublicken.

»Ich habe heute Morgen schon etliche Stunden gearbeitet«, erklärte Omar schließlich.

Mustafa atmete erleichtert auf.

»Allerdings ...«

»Was, allerdings?«, fragte Mustafa besorgt.

»Allerdings verspüre ich noch immer nicht die geringste Lust, etwas zu tun.«

Es setzte bedrücktes Schweigen ein. Mustafa stieß mit zusammengepressten Lippen den Rauch aus, bevor er fragte: »Hättest du vielleicht länger Urlaub machen sollen?«

»Hören wir auf, uns etwas vorzumachen, dafür ist die Situation zu ernst.« Er öffnete das Kästchen und steckte sich, begleitet vom Klimpern der Spieluhr, eine Zigarette an. »Es ist schlimmer, als du denkst. Ich hasse ja nicht nur die Arbeit, sondern diese Krankheit verdirbt mir vieles, das mir lieb und teuer ist. Meine Frau zum Beispiel.«

»Zainab?«

»Ich weiß nicht, wie ich es sagen soll«, murmelte Omar

verschämt, »doch es ist leider so, dass ich sie nicht mehr ertrage. Selbst die Wohnung empfinde ich nicht mehr als glückliches Heim.«

»Aber da sind doch Busaina und Gamila?«

»Glücklicherweise brauchen sie mich am allerwenigsten.«

Mustafas Gesicht verdüsterte sich; seine runden, trüben Augen blinzelten nervös. Sein trauriger Blick verriet, dass er den dringenden Wunsch hatte, dem Freund bei der Lösung dieses rätselhaften Problems zu helfen. »Einem Mann von deiner Intelligenz kann es doch nicht schwer fallen, der Sache auf den Grund zu gehen!«

Omar lächelte sarkastisch. »Vielleicht ist das ganze Dasein mit seinem ewig gleich bleibenden, monotonen Ablauf daran schuld.«

»Gib wenigstens zu, dass du, was Zainab betrifft, übertrieben hast.«

»Leider ist es die traurige Wahrheit.«

»Heißt das, dass du praktische Schritte erwägst?«, fragte Mustafa besorgt.

»Ich schlage mich dauernd mit lauter Fragen herum, aber bisher habe ich keine einzige Antwort gefunden.«

»Jedenfalls kannst du zufrieden sein, dass es sich in deinem Fall nur um etwas Psychisches handelt.«

»Nenn es, wie du willst, deshalb weiß ich noch lange nicht, was ich will oder was ich tun soll.«

»Du bist zu klug, um dich mit Fragen zu begnügen. Versuch, deine geheimen Wünsche herauszubekommen, mach dir deine Träume klar. Offensichtlich willst du vor bestimmten Dingen fliehen, aber wohin?«

»Das ist die Frage – wohin?«

»Du musst die Antwort finden.«

»Wie ist es denn mit dir? Was motiviert dich für die Arbeit und fürs Eheleben?«

Die Frage kam Mustafa offenbar komisch vor, denn obwohl beiden Männern angesichts der düsteren Stimmung der Sinn nicht nach Heiterkeit stand, lachte er kurz. »Meiner Frau fühle ich mich durch die Erfordernisse des täglichen Lebens und durch Gewohnheit verbunden, und die Arbeit sichert mein Auskommen. Außerdem macht mich mein Publikum glücklich, ich kriege hunderte von Briefen jede Woche, das macht mir wirklich große Freude. Das Echo der Menschen auf das, was ich tue, ist etwas sehr Wertvolles, selbst wenn es um Banales geht, um Popcorn und Melonenkerne.«

»Ich habe nichts davon, vor allem kein Publikum.«

»Ach was, du bist in deiner Arbeit außerordentlich erfolgreich, und deine Frau betet dich an. Du hast einfach kein Ziel mehr, das dir lohnenswert erscheint.«

Omar lächelte spöttisch. »Soll ich Gott darum bitten, in der Arbeit zu versagen und von meiner Frau betrogen zu werden?«

»Würde er dich erhören, gäbe er dir neuen Lebensmut.«

Für einen Moment schwiegen beide Männer bedrückt. Es lag eine Spannung in der Luft, als hätten beide das Gefühl, dass etwas Bedrohliches auf sie zukomme.

»Das Einzige, was mich manchmal tröstet, ist, dass ich mich selbst genauso hasse wie alles andere«, erklärte Omar. Wütend drückte er die Zigarette aus. »Genau genommen sind die Arbeit, Zainab und ich selbst eine einzige Sache, die ich auf einen Schlag loswerden möchte.«

Mustafa sah ihn nachdenklich an. »Gibt es etwas, wovon du träumst?«

Omar zögerte kurz, bevor er sagte: »Busaina schreibt neuerdings Gedichte.«

»Busaina?«

»Ich habe ein paar Sachen gelesen, und als wir darüber miteinander gesprochen haben, überkam mich eine tiefe Sehnsucht nach den alten Büchern, die ich seit zwanzig Jahren nicht mehr in die Hand genommen habe.«

»Sieh mal an, ich habe oft gedacht, dass das mal eintreten wird.«

»Langsam, langsam. Da ist zwar in meinem trägen Gehirn etwas in Bewegung gekommen, in der Art, dass ich mich auf die Suche nach verloren gegangenen Klängen gemacht habe und mich fragte, ob ein Neuanfang möglich sei, aber das war alles bloß so ein plötzlicher Anfall. Gleich darauf hockte ich wieder wie versteinert da.«

»Du hast viel zu schnell aufgegeben.«

»O nein, ich habe ja wieder angefangen zu lesen und sogar ein paar Zeilen geschrieben, aber das war alles nichts. Dann ging ich eines Abends ins Kino, und als ich dort ein wunderschönes Gesicht sah, regte sich wieder etwas in mir.«

»Ist es das, wonach du suchst?«

»Nenn es, wie du willst, Rührseligkeit oder Rausch, aber ich war auf Anhieb glücklich. In diesem Moment wurde mir klar, dass es genau diese Gefühlsregung ist, die ich will, und nicht Arbeit, Familie, Geld. Diese seltsame, dunkle Trunkenheit kommt mir angesichts all der Niederlagen wie ein Sieg vor. Einzig dieses Empfinden kann das ständige Zweifeln, die Trägheit und die Verbitterung bezwingen.«

Das Kinn in der Hand aufgestützt, schaute Mustafa ihn unverwandt an. »Willst du dich denn von der Liebe endgültig verabschieden?«, fragte er.

Omar runzelte die Stirn. »Du meinst, es könnte eine Frage des Alters sein. Ach was, Probleme im Bett lassen sich leicht und völlig unkompliziert lösen, warum sonst besuchen gesetzte Ehemänner plötzlich Nachtklubs oder heiraten einfach eine neue Frau. Vielleicht laufe ich ja auch noch einmal einer Frau hinterher, aber darum geht es nicht. Was mich umtreibt, ist viel ernster.«

Mustafa konnte sich nicht mehr beherrschen, er lachte laut los. »Gehts hier wirklich um einen, hm, seltsamen Rausch oder einfach nur um die philosophische Rechtfertigung für Ehebruch?«

»Mach dich nicht über mich lustig, du hast selbst mal ganz schön in der Klemme gesteckt.«

Dazu verführt, sich seinen Erinnerungen hinzugeben, lösten sich Mustafas Gesichtszüge, und er lächelte entspannt. »O ja, das war schlimm. Ich war gerade dabei, ein neues Theaterstück zu schreiben, und auf einmal gelang mir nichts mehr. Die ganze Kunst zerbröckelte mir zwischen den Händen, nichts als Müll kam heraus. Gott sei Dank habe ich mich, so schnell ich konnte, einem anderen Genre zugewendet und mache heute Millionen Menschen glücklich.«

»Im Unterschied zu dir habe ich einfach den falschen Weg gewählt. Ich habe die Kunst, die zum Untergang verurteilt ist, gegen eine Arbeit eingetauscht, die ebenfalls von Verfall gezeichnet ist. Die Juristerei und die Kunst gehören beide vergangenen Zeiten an. Ich habe es weder geschafft, mich auf die neue Unterhaltungskunst einzustellen, noch ein wissenschaftliches Studium zu absolvieren. Wie kann ich also zu dem Rausch zurückfinden, der einen beim kreativen Schaffen überfällt? Das Leben ist kurz, und ich werde nie vergessen, wie erschüttert ich war, als dieser Mann damals zu mir sagte, dass wir doch alle unser Leben genießen, obwohl wir wissen, dass Gott es uns nehmen wird.«

»Bedrängt dich der Gedanke an den Tod?«

»Nein, aber er erlegt mir auf, das Leben auszukosten.«

»In Gestalt eines hübschen Dings, das du im Kino gesehen hast?«

Ach, lieber Freund, du weißt nichts von meinen langen, einsamen Spaziergängen durch Alexandrias Straßen und Gassen. Von dem unbändigen Verlangen, Gesichter zu sehen, die einem Lust aufs Leben machen. Vom Herumlungern an den Wasserfällen, wo ich die aufgestaute Glut der Gefühle so laut herausschrie, dass die Bäume ins Wanken gerieten. Von dem wahnsinnig gewordenen Riesen, der sich ins feuchte Gras drückte und fieberhaft nach seinem verloren gegangenen Verstand suchte.

Vorsichtig, wie es bei merkwürdigen, rätselhaften Vorfällen geboten ist, begann er über seinen damaligen Zustand zu sprechen, und er schloss mit den Worten: »In jenen Nächten war ich kein Tier, das die Gier umtreibt, sondern eine geschundene und verzweifelte Kreatur.«

7

»Je öfter ich dich seh, sehn ich mich,
je stärker ich mich sehn, brenne ich …«

»Ist ja ganz schön leidenschaftlich! Wie heißt die Sängerin?«

»Margaret, sie ist der Star im ›Neuen Paris‹.«

Ein herbstlicher Wind zog durch den halbmondförmig gestalteten Garten, in dessen Mitte sich die Tanzfläche befand. Die Wände und Decke der Bühne waren in Rot gehalten, was das Licht noch diskreter wirken ließ.

»Eine Engländerin offenbar.«

»Jedenfalls behauptet das der Besitzer. Aber da sollte man vorsichtig sein, was in den Klubs als englisch bezeichnet wird, kann alles Mögliche sein.«

Das fein geschnittene Gesicht, die faszinierenden Augen, die Leichtigkeit der Bewegungen – alles trug dazu bei, dass Omar die lang ersehnte Erregung fühlte. »Du Glücklicher kennst dich ja gut aus in diesen verbotenen Paradiesen.«

»Es gehört zu meiner Arbeit, immerhin bin ich bei der Zeitschrift für die Unterhaltungskunst verantwortlich.«

»Bravo! Du hast gesagt, dass sie Margaret heißt?«

Mustafa lachte. »Kannst sie auch Zwanzig-Pfund-pro-Nacht nennen – ohne die Aperitifs zu zählen.«

Der frische, aber durchaus angenehme Wind schien einen Gruß aus einer unbekannten Welt herüberzuwehen, die irgendwo dort, hinter der Dunkelheit der Zypressenbäume, auf vier Pfosten ruhte; einer Welt, in der Verstand nichts galt. »Ich habe das Gefühl, dass gleich ein Wunder geschieht.«

»Ein Glas Champagner erlaube ich dir, mehr nicht.«

»Vorher musst du sie einladen, an unseren Tisch zu kommen.«

Mustafa stand auf, um einen Kellner zu holen.

Die Luft war von Narzissenduft erfüllt, und verstummte für einen Moment der Gesang, war das Rauschen der Zweige zu hören. Er schlug es auf – das Buch der Narretei, sah, welch seltsame Wesen dort ihr Spiel trieben. »Das macht die Krankheit«, murmelte er vor sich hin, als müsse er eine Entschuldigung für sich finden.

Margaret näherte sich dem Tisch. Die Farben ihres dunkel gemusterten Abendkleids schienen schier unergründlich, und als sie lächelnd grüßte, glänzten ihre Zähne wie Perlen. Der Kellner blieb in gebührendem Abstand und leicht geneigt hinter ihr stehen, als sei er ihr Schatten.

»Champagner!«, rief Omar. Den hast du in der Hochzeitsnacht zum ersten Mal getrunken, allerdings keinen besonders teuren. Mustafa und Osman hatten zusammengelegt, es war ihr Hochzeitsgeschenk. Was würde ein

Häftling machen, wenn er unter solch einer merkwürdigen Krankheit leidet?

Mustafa begrüßte Margaret wie eine alte Bekannte. »Liebste Frau Margaret, wir haben beide Ihre Stimme bewundert, und mein Freund ist von Ihnen sehr beeindruckt. Bestimmt wird er, je öfter er Sie sieht ...« Er zwinkerte. »Er ist ein berühmter Anwalt, aber ich hoffe sehr, dass Sie ihn als Anwalt nie brauchen werden.«

Sie lächelte, dann sagte sie: »Ich brauche immer jemanden, der mich verteidigt. Aber das geht wohl jeder Frau so, nicht wahr?«

»Ausgenommen die Frauen, die über so viel Schönheit wie Sie verfügen und so wunderbar singen«, erwiderte Omar mit all dem Schmelz in der Stimme, den er über Jahre aufgespart hatte.

Wieder zwinkerte Mustafa verschmitzt. »Sie müssen wissen, dass mein Freund seine Karriere als Dichter angefangen hat, nur hat er leider nie das Niveau von ›Je öfter ich dich seh ...‹ erreicht.«

Margaret schaute Omar nachdenklich an. »Als Dichter? Aber er sieht doch so unglaublich solide aus!«

»Deshalb habe ich das Dichten ja auch sofort wieder aufgegeben«, antwortete Omar.

Mustafa schmunzelte. »Er ist auf der Suche nach Schönheit, weil er nämlich hofft, dass das die richtige Medizin für die Krankheit ist, an der er neuerdings leidet.«

Der Korken knallte, und gleich darauf waren die Gläser gefüllt.

»Soll das heißen, dass Sie mich für eine Art Medizin halten?«

»Genau«, erklärte Mustafa prompt. »Warum auch nicht? Und zwar für die Art von Medizin, die man vor dem Schlafengehen nehmen muss.«

»Überstürzen Sie nichts, meine Herren, manche Krankheiten brauchen mehr Zeit, als man denkt.«

Die Musik begann wieder zu spielen, und Omar führte Margaret auf die Tanzfläche. Als er seinen Arm um ihre Taille legte und den Duft ihres Parfüms einatmete, genoss er es in vollen Zügen. Die Luft war weniger feucht und deshalb leichter geworden. Die Bäume, mit roten und weißen Lämpchen geschmückt, sahen aus, als wären sie mit lauter Blüten besetzt. »Es macht mich glücklich, Sie kennen gelernt zu haben.«

»Sie sind so charmant, wie Sie groß sind.«

»Sie sind auch nicht gerade klein.«

»Was mir ein bisschen Angst macht, ist Ihr scharfer Blick.«

»Ach was, meine Augen glänzen vor Freude. Leider habe ich vergessen, wie lange ich nicht mehr getanzt habe. Kein Wunder, dass es nicht mehr klappt.«

»Wenn man so groß ist, tanzt es sich ohnehin schlecht.«

»Als mich mein Freund ins ›Neue Paris‹ einlud, meinte er, dass ich jemandem begegnen würde, der mir sehr gefallen wird.«

»Ach ja?«

Was ist schöner, als in einer herrlichen Herbstnacht zu lügen!

Als sie an den Tisch zurückkehrten, klatschte Mustafa Beifall. Omars Gesicht strahlte mit kindlicher Freude, und verklärt vom Zauber der Nacht fühlte er sich in die entschwundene Zeit der Jugend versetzt.

Margaret berührte den Ring an seiner linken Hand. »Ah, Sie sind verheiratet. Was ist bloß los mit euch verheirateten Männern, ihr gebt den allein Stehenden keine Chance.«

Mustafa grinste. »Ihr habt ja ein ganz schönes Tempo drauf, ich könnte wetten, dass ihr den Rest der Nacht miteinander verbringt.«

»Die Wette haben Sie verloren.«

»Aber wieso, liebste Margaret? Unser Freund ist Anwalt, und Anwälte schieben nichts auf die lange Bank.«

»Dann wird er es lernen müssen.«

»Zum Teufel mit diesen alten Benimmregeln!«

»Jedenfalls steht Ihnen mein Wagen zur Verfügung«, meinte Omar höflich. »Ich bringe Sie, wohin Sie möchten.«

Als sie tatsächlich in seinem Auto saß, war er hoch erfreut. »Wohin solls gehen?«

»In die Pension ›Athen‹.«

»Haben Sie die Pyramiden schon mal nach Mitternacht erlebt?«

»Der Mond scheint nicht, es ist stockfinster.«

Er lenkte den Wagen trotzdem in Richtung der Pyramiden. »Die Stadt mit ihren vielen Lichtern lässt uns die Schönheit der Dunkelheit nicht mehr erfahren.«

»Aber …«

»Schauen Sie, ich bin Anwalt und kein Playboy oder Straßenräuber.« Seit damals, als er Zainab zum ersten Mal im Park begegnet war, hatte er solches Herzklopfen nicht mehr verspürt. Wie Zainab damals aussah, hatte er vergessen, und das Hochzeitsbild hatte er seit mindestens zehn Jahren nicht mehr in die Hand genommen. Liebste Margaret, du bist mein Alles – oder mein Nichts. Ich klopfe an das Tor der Zauberstadt, auch wenn mich das Gefühl beherrscht, auf der Flucht zu sein. »In dieser Wüste fanden große, historische Ereignisse statt.«

Sie schob seinen Arm weg, den er um ihre Schultern gelegt hatte, und sagte: »Versuchen Sie bitte nicht, weitere Ereignisse hinzuzufügen.«

Er nahm ihre Hand und drückte sie dankbar.

»Wir sollten hier nicht länger bleiben, der Wind ist viel zu stark, um auszusteigen.«

»Aber hier drinnen ist es doch angenehm.« Wie dunkel es ist! Ach, würde doch schwärzeste Finsternis die Welt verschwinden lassen, damit die gequälten Augen nichts mehr sehen müssen. Nur das Herz soll schauen, auf dass es den glühenden Stern des Rauschs erkennt. Wie die ersten Strahlen der Morgensonne ganz allmählich die Knochen wärmen, erobert sich der Taumel dein Herz. Der Durst nach Liebe hat alles andere verdrängt. Weil du verliebt in die Liebe bist, weil du dich nach dem beglückenden Rausch der ersten Schöpfung sehnst, weil du beim Geheimnis der Quelle des Lebens Zuflucht suchst. »Lassen Sie uns bleiben, bis die Sonne aufgeht.»

»Seien Sie vernünftig, und bringen Sie mich bitte nach Hause.«

»Haben Sie noch nie gehört, was nachts bei den Pyramiden alles passiert?«

»Sie können mir morgen davon erzählen.«

Er beugte sich zu ihr hinüber, sie küssten sich. Schon wollte er sie heftiger umarmen, da sagte sie: »Morgen, nicht heute.«

Mit einem flüchtigen Kuss auf die Wange zog er sich zurück und startete den Motor.

»Ärger dich nicht, bitte.«

»Du willst wohl, dass ich mich dem ewigen Gesetz füge?«

»Welchem ewigen Gesetz?«

»Dem Gesetz der Weiblichkeit. Aber ich bin wirklich müde.«

»Ich auch. Ich werde etwas Passendes für uns finden.«

»Warte ab, bis wir uns wieder sehen.«

»Aber es wäre doch gut, wenn ich alles vorbereite.«

»Wart noch ein bisschen.«

»Irgendetwas sagt mir, dass wir uns nicht mehr trennen werden.«

Sie starrte geradeaus. »Bestimmt.«

Als er Garden City erreicht hatte, graute schon der Morgen. Im Fahrstuhl musste er daran denken, wie ihn sein Vater, wenn er spät heimkam, immer ausgescholten hatte. Er trat ein, machte das Licht an, und das Erste, was er sah, war Zainab. Sie saß auf dem Stuhl vor der Spiegelkommode und schaute ihn, geblendet vom Licht, traurig an. Betont ruhig sagte er: »Du solltest längst schlafen …«

Sie rang verzweifelt die Hände. »Das ist die dritte Nacht!«

Er fing an, sich auszuziehen. »Es gab Wichtiges«, erwiderte er kühl.

»Hältst du es zu Hause nicht mehr aus?«, fuhr sie ihn scharf an.

»Ach was, es ist nur so ein genereller Verdruss.«

»Was treibst du denn die ganze Nacht lang?«

»Nichts Bestimmtes. Ins Kino gehen, im Café sitzen, mit dem Auto herumfahren.«

»Und ich sitze hier und mache mir Sorgen.«

»Warum bist du nicht ins Bett gegangen? Du brauchst deinen Schlaf.«

»Ich werde noch krank.«

»Dann hör auf das, was ich dir rate.«

Sie seufzte schwer. »Du behandelst mich mit tödlicher Kälte.«

Da hast du Recht. Der Mann, den du geheiratet hast, ist aus seiner Haut geschlüpft und jagt nun keuchend, Staubwolken hinter sich lassend, einem Ruf aus unbekannten Gefilden nach. Er lässt alles hinter sich: die Wolken aus Staub, die Freuden von gestern, den Traum von der Stadt Utopia, ja selbst das hübsche, anmutige Mädchen, das, als es beim Glockengeläut aus der Kirche trat, höchstes Glück versprach. Überwältigt von ihrem Reiz, flüsterte er, dass die Liebe alle Furcht besiege. Und sie, sie hat sich an ihn geschmiegt und erschrocken gestammelt, dass sie Angst vor ihrer Familie habe. Er sei ihre Familie, hat er getönt, sei überhaupt alles für sie. Eher breche der Jüngste Tag über beide herein, als dass er sie verlasse. Und nun, gute Frau, hängt dein Leben von einem kleinen, schamlosen Lied ab. »Schlaf endlich, Zainab, lass uns zur Ruhe kommen.«

Eine andere Frau stand auf der Bühne und sang:

»Je öfter ich dich seh, sehn ich mich,
je stärker ich mich sehn, brenne ich …«

Omar sah Mustafa fragend an. »Wo ist Margaret?«

Mustafa stand auf, um sich zu erkundigen. Als er zurückkam, erklärte er: »Leider gibt es eine unerfreuliche Überraschung.«

»Wieso?«

»Margaret ist abgereist.«

»Wohin?«

»Ins Ausland.«

»So plötzlich?«

Mustafa winkte verächtlich mit der Hand ab. »Was solls, wir schauen uns nach einer anderen um.«

8

Der mächtige Schlag, den dir der Verrat dieser Frau versetzt hat, treibt dich in die Enge. Nun heißt es, mit doppelter Kraft auf dem einmal eingeschlagenen Weg voranzustürmen. Der Wettlauf gegen den Wahnsinn hat begonnen.

»Meinst du wirklich, dass dir das helfen wird?«, fragte Mustafa.

»Hoffentlich, denn eine andere Lösung weiß ich nicht.«

Das Auto hielt vor dem Capri-Klub. Auf dem Weg zum Eingang sagte Omar: »Ich hab schon alles Mögliche versucht, aber es hat nichts gebracht. Bei Margaret hat mein Puls schneller geschlagen. Sie war zwar eine flüchtige Illusion, aber der Pulsschlag war real.«

Sie setzten sich in eine Nische, die mit einem Holzgitter überdacht war. Das Licht brannte nur spärlich, sodass die beiden Männer für die anderen Gäste kaum zu erkennen waren.

»Du kennst den Chef, er ist ein Freund von dir«, erklärte Mustafa und wies in Richtung der Bühne. Der Mann, der da stand, war rund wie eine Tonne. Das dicke Gesicht endete in einem Doppelkinn, das einem aufgeblasenen Schlauch ähnelte. Die schweren Lider waren halb geschlossen, der Blick wirkte schläfrig. Einen Mundwinkel hielt er ständig nach oben gezogen, offenbar wollte er damit kundtun, wie gut gelaunt er war. Kaum hatte er Omar erblickt, kam er mit einer Schnelligkeit, die man ihm nicht zugetraut hätte, angelaufen. Er war ein ehemaliger Klient, für den Omar zwei Prozesse gewonnen hatte.

Nachdem der Mann beide aufs Herzlichste willkommen geheißen hatte, setzte er sich zu ihnen. »Was für eine hübsche Überraschung, Omar Bey höchstpersönlich«, erklärte er schnaufend. Er ließ Whisky kommen. »Nicht im Traum hätte ich gedacht, Sie hier begrüßen zu können, dabei brauchen doch gerade Leute, die so hart arbeiten wie Sie, Unterhaltung.«

»Lassen wir die Förmlichkeiten, Herr Jazbek«, unterbrach ihn Mustafa barsch. Als der Mann ihn verunsichert ansah, fügte er lächelnd hinzu: »Sie vermuten völlig zu Recht, dass Sie nun Ihrerseits Ihrem geschätzten Anwalt etwas Gutes tun können.«

»Omar Bey?«

»Ja, ich dachte daran, dass Sie sich mal nach einer Frau umsehen, die ihm gefallen könnte.

Herr Jazbek lächelte vage. »Meiner Meinung nach müsste das eine junge, gebildete Frau sein, die aus einem anständigen Elternhaus kommt.«

»Ich spreche von Liebe, nicht von Heirat!«

»Natürlich, ganz wie es Omar Bey beliebt, mein Herr.«

»Wie siehts denn aus mit kultivierten Schönheiten?«

Der Chef des Etablissements fuchtelte mit seiner kleinen, weichen Hand herum und erklärte stolz: »Das ›Capri‹ hat alles.« Er schaute Omar an, und seinem Blick war unschwer zu entnehmen, dass er noch immer einen gewissen Zweifel hegte. »Ich habe da ein Mädchen, das am Schauspielinstitut studiert hat. Als Schauspielerin hatte sie keinen Erfolg, aber sie ist ganz verrückt aufs Tanzen, und damit ist sie im ›Capri‹ zu einem richtigen Star geworden.«

»Sie meinen Warda.«

»Genau.«

Mustafa winkte ab. Als müsste er sich entschuldigen, sagte er: »An Warda habe ich eigentlich nicht gedacht, sie ist viel zu groß. Mich schreckt so etwas immer ab.«

Aber Herr Jazbek schaute gelassen zur Bühne, denn nun hatte die Musik eingesetzt. Das Publikum begrüßte die Tänzerin mit stürmischem Beifall, was Omar gut verstehen konnte; diese Frau war tatsächlich eine beeindruckende Erscheinung. Rank und schlank wie sie war, erinnerte sie ihn an eine Statue. Der verhangene Blick aus den großen Augen hatte etwas Faszinierendes, und die hohe Stirn verlieh dem Gesicht geradezu aristokratische Würde.

»Fantastisch!«, murmelte Mustafa.

»Sie sind doch bestimmt gegen solche Versuchungen gefeit«, scherzte Herr Jazbek.

»Nun ja, ich weiß mich zu begnügen. Wie für alle rechtschaffenen Ehemänner ist so ein Erlebnis lediglich ein hübscher Zeitvertreib.«

Omar lächelte. Er konnte sich noch gut daran erinnern, wie Mustafa behauptet hatte, dass er seine Frau schon allein deshalb nie betrügen könnte, weil er nur mit ihr schlafen könne. Doch lange hielt er sich mit diesem Gedanken nicht auf, dafür war der Anblick dieser Frau, die sich trotz ihrer Größe unglaublich leicht und geschmeidig bewegte, viel zu aufregend. Auf der Stelle verliebte er sich in ihr Lächeln. Er schreckte auf, als Herr Jazbek ihm die Hand reichen wollte, um sich zu verabschieden.

Als er gegangen war, sagte Mustafa: »Ich kann dich nur warnen, die große Liebe findet man in solchen Etablissements höchst selten.«

Omar grinste. »Wer sucht, der findet.«

»Weißt du eigentlich, wie sehr mich mein Gewissen plagt, wenn ich Zainab begegne?«

»Wer sich den Luxus eines Gewissens leistet, muss eben leiden. Es gibt schlimmere Schmerzen als Gewissensbisse.«

Aber Mustafa ließ nicht locker; die Liebe bringe doch nur Probleme mit sich, meinte er.

»Wann immer ich ein weibliches Wesen sehe«, hielt Omar dagegen, »kommt es mir vor, als stünde das pure Leben vor mir.«

Er sprang auf, als sich Warda ihrem Tisch näherte. Ihr Schritt war energisch, als seien ihr Zögern oder affektiertes Einherstolzieren fremd. Ein Duft erfüllte die Luft; er rührte von den Jasminblüten her, die sie an ihre Armbänder gesteckt hatte. Ihre großen, grauen Augen ruhten fest auf Omar, als sie ihm die Hand reichte und fröhlich sagte: »Endlich mal ein Mann, auf den ich nicht herabsehen muss.« Sie setzte sich zwischen die beiden Männer. Als sie die Hand bewegte, fielen die Jasminblüten auf die rote Tischdecke.

Der Champagner wurde gebracht, schäumend ergoss er sich in die Gläser.

Warda wirkte beherrscht, aber das Blitzen ihrer grauen Augen verriet, dass sie Humor besaß. Die Art, wie sie Mustafa anlächelte, sprach davon, dass sich die beiden seit längerem kannten. Als er ihr die zu erwartenden Komplimente für ihre Schönheit und ihre Tanzkunst machte, hörte sie zwar zu, aber ihr Blick ruhte fast ehrfürchtig auf Omar. Er schaute sie unentwegt an, als suche er in diesen grauen Augen nach einem Zeichen, das ihm die Erfüllung seiner lang gehegten Sehnsüchte verspreche. Ich sitze hier nicht, weil ich die Liebe suche, sondern weil ich mich verlieben will, schoss ihm durch den Kopf. Der Teint – klar und rein, der Duft – angenehm, das Auf und Ab der langen Wimpern – rhythmische Hexensprüche.

»Sie sind also der berühmte Anwalt?«

»Das ist unwichtig, es sei denn, Sie hätten ein Problem.«

»Ich habe viele Probleme, aber juristisch sind die leider nicht zu lösen.«

»Warum leider?«

»Weil Sie sie dann übernehmen könnten.«

Mustafa lachte. »Er ist vertrauenswürdig, und zwar nicht nur im Gericht, sondern auch sonst.«

Sein Blick glitt von ihrem langen Hals, den eine einfache Perlenkette schmückte, hinunter zu ihrem großzügigen

Dekolleté und wieder hinauf zu den vollen, geschminkten Lippen. Ihr verhangener Blick und die roten Lippen sprachen von der anmutigen Frische der Frau. Übermächtige Sehnsucht wallte in ihm auf, und er verspürte das dunkle Verlangen, das ihn oft am Ende der Nacht überkam. Er wünschte sich, dass sein Empfinden, das er im tiefsten Innern verbarg, geweckt würde, oder dass es sein Empfinden aus eigenem Antrieb heraus schaffte, ihn aufzuwecken. Und sollte ihn kein verklärender Rausch beglücken, sehnte er sich wenigstens den Zauber der körperlichen Vereinigung herbei: Einmal wieder den Höhepunkt erleben, sich einmal wieder, wenn auch nur für einen flüchtigen Moment, am Nektar des Lebens laben und Träumereien hingeben. Er glühte vor Gier, lauernder Vorfreude, dem Kitzel des Abenteuers, aber auch wegen des unbedachten Trinkens, des Jasmindufts, Wardas viel sagender Blicke und des Sterns, der ihm durch das Holzgitter zuzwinkerte.

Als sich ankündigte, dass der Klub schließen würde, fragte er: »Gehen wir?«

Mustafa verabschiedete sich und verschwand.

Draußen war Warda sichtlich von dem eleganten Cadillac beeindruckt, aber da er keine Lust hatte, unnötig Zeit verstreichen zu lassen, fragte er nur: »Wo wohnst du?«

»Das geht nicht. Was ist mit deiner Wohnung? Oder hast du ein Haus?«

»Da warten eine Frau und zwei Töchter auf mich.«

»Dann nehmen wir, wie alle Obdachlosen, die Natur als unser Zuhause.«

Er raste in Richtung der Pyramiden los und hielt in der Wüste an der Stelle, wo er mit Margaret im Auto gesessen hatte. Die Mondsichel war kurz davor, ins Verborgene abzutauchen. Er nahm Warda in die Arme und küsste sie, ganz behutsam, als wolle er sie nicht gleich verschrecken. Doch dann folgte ein langer, brennend heißer Kuss, der seine ganze Leidenschaft weckte.

»Wunderbar«, flüsterte Warda.

Er presste sie an sich, und sein leidenschaftliches Verlangen schien die ganze Wüste umarmen zu wollen. Seine Finger glitten durch ihr Haar, das im silbrigen Mondenschein glänzte. »Wenn der Morgen graut ...«, stammelte er überwältigt. Wange an Wange schauten sie dem schlaftrunkenen Mond zu, der seine letzten müden Strahlen auf den Sand warf.

Noch bevor der Durst deines Herzens gelindert ist, wird der Glanz verschwunden sein. Keine Macht der Welt vermag es, diesen göttlichen Augenblick für immer und ewig festzuhalten, diese wenigen Minuten, die dem Universum ein neues Geheimnis geschenkt haben. Da stehst du nun, auf seiner Schwelle, und um Hilfe bettelnd streckst du die Hand aus, als hofftest du, von der Finsternis und dem Himmelsdach erhört zu werden und Heilung aus jenen Gefilden zu erfahren, denen der Mond entgegenschwebt. Die Glut des anbrechenden Morgens setzt deine Brust in Brand, nimmt dir alle Angst, zu scheitern und ein Nichts zu sein.

»Bist du ein Romantiker?«, fragte Warda.

»O nein, eher das schon fast krankhafte Gegenteil.«

»Aber du schlägst keine Frauen, oder?«

»Weder Frauen noch Männer.«

»Fein.«

Er zog sie noch enger an sich. »Allerdings gab es eine Zeit, da wollte ich jemanden umbringen.«

»Wegen einer Frau?«

»Ach, du liebe Güte ...«

»Red nicht so verächtlich, das gefällt dem Mond überhaupt nicht.«

»Jetzt neige ich eher dazu, mich selbst umzubringen.«

»Hier? In meinem Beisein?«

»Genau.«

»Mit dem Mond als Zeuge?«

»Der verschwindet doch gerade.«

Als er die Wohnung betrat und im Schlafzimmer das Licht anmachte, öffnete Zainab die Augen. Er murmelte gleichgültig: »Gute Nacht.«

»Es ist schon fast Morgen!«, rief Zainab aufgebracht.

»Meinetwegen ...«, erwiderte er kühl.

Sie richtete sich auf. Ihre Lider waren geschwollen, die Augen wirkten leblos, sie sah verzweifelt und leidend aus. »In diesem Tonfall hast du noch nie mit mir gesprochen.«

Schweigend zog er sich den Pyjama an.

»Noch nie!«, schrie sie.

»Das macht die Krankheit«, murmelte er.

»Wie soll ich dieses Leben ertragen?«

»Mir macht der Tag schon zu schaffen, nun vergäll mir nicht noch die Nacht.«

»Die Mädchen stellen Fragen ...«

»Dann sollten wir die Situation klug und vernünftig in den Griff bekommen.«

Sie lehnte den Kopf an die Wand. »Wenn ich bloß wüsste, wo ich bleiben kann ...«

Er löschte das Licht und legte sich hin. Nicht lange, und das morgendliche Treiben wird lärmend beginnen. Neben dir wird der Strom der Tränen nicht versiegen, während der Verrat wie ein Skorpion im Hinterhalt lauert. Es braucht nicht viel, um eine Existenz zu vernichten. Ein Vögelchen, das aus dem Nest gefallen ist – das ist Zainab. Außer dir hat sie niemanden. Großer Gott, woher nimmst du bloß diese Entschlossenheit? Denkst du denn wirklich, dass der Rausch dieser Nacht, der dem Zucken des Blitzes gleicht, die Leere deines Lebens ausfüllen kann?

Am Freitagmorgen sah er, dass Busaina auf der Terrasse die Blumen goss. Er ging zu ihr und lächelte ein wenig verlegen, aber da sprang sie schon freudig auf und hielt ihm die Wange hin, um sich ihren Kuss abzuholen. Ihr Gesicht strahlte, dennoch blieb ihm der leichte Vorwurf in ihren Augen nicht verborgen.

»Ich habe dich vermisst, sehr sogar.«

Er biss sich auf die Lippe. »Tut mir Leid, aber ich muss unbedingt wieder gesund werden, und da brauche ich viel Verständnis.«

Sie beugte sich über die Blumentöpfe.

»Gehts dir gut?«

»Ja, danke …«, und nach kurzem Zögern fügte sie hinzu: »Aber Mama gehts nicht besonders.«

»Sie hat ja Recht, und es wird sich auch wieder alles einrenken. Doch zurzeit brauche ich noch ein wenig Nachsicht.«

Busaina zeigte auf einen Topf mit einer Jasminpflanze, die eine winzige, kaum zu erkennende Blüte trieb. »Unser erster Jasmin!«, sagte sie fröhlich. »Die Blüte ist zwar klein, aber sie duftet schon. Soll ich sie für dich pflücken?«

9

Es befremdete ihn, jeden Tag ins Büro zu gehen, an diesen Ort, der für ihn jegliche Bedeutung verloren hatte. Wann würde er endlich den Mut haben, den Laden dichtzumachen?

»Jeden Tag muss ich einen Fall ablehnen«, klagte der Büroleiter. »Sie wissen doch, wie unsere Branche leidet, und ich sitze hier untätig herum.«

In der Tat überließ er die Arbeit weitestgehend den Mitarbeitern; weder übernahm er neue Fälle, noch prüfte er den Stand der Akten. Ihm war, als müsste er in dieser schweren, modrigen Luft ersticken, und starrte er die Wände an, glaubte er, Augen zu erkennen, die ihn finster anstarrten. Das Einzige, was ihn noch interessierte, war die neue Wohnung am Sulaiman-Pascha-Platz.

Als er mit Warda im ›Capri‹ saß, sagte er: »Ich freue mich auf die Wohnung, im Winter werden wir uns wohl kaum bei den Pyramiden treffen können.«

Sie wiegte ihren Oberkörper zu den Jazzklängen, die zu ihnen herüberdrangen, und fragte: »Meinst du, dass du dich im Winter noch für mich interessierst?«

Er hob das Sektglas. »Auf das Wohl unserer niemals endenden Beziehung.« Er lächelte zu Herrn Jazbek hinüber, der gestreng und würdevoll in gehöriger Entfernung Position bezogen hatte. »Diesem Mann schulde ich wirklich sehr viel«, sagte er und drückte zärtlich ihre Hand.

»Gemessen an anderen Chefs ist er ausgesprochen angenehm und nett, was nicht heißt, dass er nicht genauso gierig ist.«

»Dann ists ja gut, dass wir Champagner trinken.«

Sie runzelte die Stirn. »Findest du nicht, dass es ein bisschen verschwenderisch ist, jeden Abend herzukommen?«

Er strahlte vor Glück. »Was bist du doch für ein Schatz!«

Sie schaute ihn an, als wollte sie ihn mit ihrem Blick umarmen. »Reicht es nicht, wenn die Pyramiden unsere Zeugen sind?«

»Gewiss, Liebste. Aber wie ich schon sagte, für mich ist unsere Beziehung keine dieser üblichen …«

Sie drückte seine Hand, um ihn am Weiterreden zu hindern. »Versieh diese Beziehung nicht mit einem Etikett, soll sie sich selbst eine Bezeichnung suchen, das ist viel schöner.«

»Du bist zauberhaft, du machst mich ganz verrückt.«

»Ich vertraue Worten nicht, vergiss nicht, dass ich eigentlich Schauspielerin bin.«

»Und eine wirkliche Dame.«

»Danke, nur steht meine Kunst bei den meisten Menschen leider in Verruf. Deshalb musste ich auch meine Familie aufgeben. Glücklicherweise habe ich keinen Vater mehr, und einen Bruder auch nicht.«

Er überlegte einen Moment. »Als Schauspielerin zu arbeiten wäre auf jeden Fall besser, als im ›Capri‹ zu tanzen.«

»Ich habe nicht die Besessenheit, die man dafür braucht. Außerdem hat man mir erklärt, ich hätte nicht genug Talent. Tanzen war schon immer mein Traum, und da bot sich das ›Capri‹ an, also hab ich natürlich zugesagt.«

»Du hast ein Herz aus purem Gold!«

»Das hat mir noch keiner gesagt.«

Er beauftragte mehrere Handwerker, die Wohnung herzurichten. Sie sollten sich um die Möbel, Vorhänge, Gardinen, Nippes und natürlich um die Bar kümmern. Er warf mit dem Geld um sich, als müsste er sich von einer bösartigen Geschwulst befreien. In denkbar kürzester Zeit boten die Räume einen wohnlichen Eindruck. Abgesehen von der Diele, dem Ess- und dem Schlafzimmer gab es ein orientalisches Zimmer, das die Träume von Tausendundeiner Nacht auferstehen ließ.

Neugierig beobachtete er Mustafa al-Minjawi, als er mit wachsendem Staunen von einem Zimmer ins andere ging. Als sich ihre Blicke trafen, sagte Omar: »Ehe du mir Vorwürfe machst, erzähl mir lieber, was für dich den Sinn des Lebens ausmacht.«

»Das Leben an und für sich.«

»Ich werde diese stummen Wände Stück für Stück abklopfen, um zu erfahren, welcher Schatz sich dahinter verbirgt.«

Mustafa zuckte resigniert mit den Schultern. »Wahnsinn hat auch seine schönen Seiten.«

»Du weißt, dass ich dem Leben nichts mehr abgewinnen konnte, deshalb mache ich mir zurzeit wegen nichts mehr einen Kopf.«

Mustafa grinste. »Herr Jazbek ist ziemlich durcheinander und verzweifelt, das beweist, dass das Mädchen dir treu ist.«

»Entweder ist sie es tatsächlich, oder sie ist die beste Schauspielerin, die es je gegeben hat.«

»Nun, als Schauspielerin ist sie ja wohl gescheitert.«

Als Warda zum ersten Mal die Wohnung betrat, war sie überwältigt. Begeistert rief sie: »Du hast tatsächlich einen Champagnergeschmack! Aber ein Verschwender bist du auch.«

Er gab ihr lauter kleine Küsschen. »Soll denn unser Nest nicht schön sein?«

»Ich will dir keine Last sein. Du musst begreifen, wie ich in Wirklichkeit bin.«

»Wenn ich es nicht wüsste, hätte ich das hier nicht gemacht.«

Sie lachte kokett. »Für das, was du begriffen zu haben glaubst, bist du ganz allein verantwortlich.«

»Und die Pyramiden?«

»Wenn wir schreien, weil wir uns verbrannt haben, heißt das noch lange nicht, dass das Schreien unsere ureigenste Natur ist.«

Er streckte sich auf dem Sofa aus. »Mustafa hat mir erzählt, dass Jazbek verärgert ist.«

»Ich habe mich geweigert, mit jemand anderem auszugehen. Soll er sich doch vor Wut ins Wasser stürzen.«

»Und für immer ertrinken.«

»Überhaupt werde ich im ›Capri‹ nur noch tanzen.«

»Du bist wunderbar, köstlicher als Rosenwasser.«

»Ganz schön heiß heute, ich werde mal das Bad einweihen und duschen.«

Er zog den Pyjama aus und schlüpfte in den Gilbab; er passte besser zum orientalischen Zimmer. Zufrieden ließ er den Blick über die elegante Einrichtung gleiten. Glück ist die beste Medizin, sagte er sich, da kann man sogar beim Essen und Trinken ein wenig großzügiger sein. Ausgelassen rief er: »He, wo ist das Wasser gerade angekommen?«

»Das ist wirklich sehr unanständig!«, rief sie zurück.

Die Tür ging auf, und eingewickelt in ein großes Badetuch schoss sie hinüber ins Schlafzimmer und warf die Tür hinter sich zu. Er streckte sich wohlig aus und schloss die Augen. Möge dieses Nest den Rausch der Pyramiden erleben. Mögest du endlich das gefunden haben, wonach du immer gesucht hast. Mögest du nicht umsonst auf den Herzen vieler lieber Menschen herumgetrampelt sein. Möge es diese Beziehung wert sein, dass du deinen Willen rücksichtslos, ja grausam durchgesetzt hast. Möge dieser Traum nicht so unverhofft enden wie die Begegnung mit Margaret.

Ihm fiel die Bemerkung eines Kollegen ein, der ihn in

seinem Büro besucht hatte. Er, Omar, sehe für einen seriösen Anwalt etwas zu elegant aus, hatte er herumgemäkelt. Worauf er gelacht und erwidert hatte, dass sein Aussehen für einen übermäßig glücklichen Anwalt noch viel zu bescheiden sei. Die Antwort war ein abfälliger Blick, gerade so, als wäre er die Schamlosigkeit in Person, und dann kam der Herr Kollege auf die Politik zu sprechen, sein Lieblingsthema. »Was ist in diesen Tagen bloß mit den Menschen los?«

Gleichgültig, weil Politik ihn noch nie interessiert hatte, meinte er: »Wahrscheinlich suchen sie alle wie verrückt nach dem großen Rausch.«

Natürlich hat der Herr Kollege dich nicht verstanden, obwohl er, im Unterschied zu dir, ein richtiger Weiberheld ist. Du bist kein schamloser Lump oder Spieler. Aber wer vermag es schon, eindeutig zwischen einem Mörder und einem rechtschaffenen Gottesdiener zu unterscheiden? Wer würde dir glauben, dass du dir auf den Trümmern deines Lebens einen Tempel gebaut hast?

Die Schlafzimmertür ging einen Spalt breit auf. Warda steckte den Kopf heraus und stöhnte: »Die Schminkerei hat viel zu lang gedauert, ich brauche jetzt unbedingt einen Kuss.«

Er sprang zu ihr hin, presste ihre Wangen zusammen, sodass sich ihr Mund spitzte, und küsste sie lange und innig. Der Duft der Seife und der Geruch ihrer Haut stiegen ihm in die Nase, und hingerissen flüsterte er: »Soll ich reinkommen?«

Sie gab ihm einen Schubs und lachte. »Sei nicht so vulgär!«

Er ging zum Sofa und legte sich wieder hin. Vor ihm stand auf einem kleinen Schrank die Radio- und Fernsehanlage. In einem Anfall kindlicher Verspieltheit stand er auf und machte sowohl das Radio als auch den Fernseher an. Es setzte ein höllischer Lärm ein; im Fernseher wurde über Jugendkriminalität diskutiert, im Radio wurde Hörerpost beantwortet. Er schaltete ab, war aber immer noch voller Übermut. Also schlich er zur Schlafzimmertür und klopfte leise an.

»Was ist?«

»Ich liebe dich.«

»Ich dich auch, von ganzem Herzen.«

»Was ist dir das Allerwichtigste im Leben?«

»Die Liebe.«

»Hast du jemals über den Sinn des Lebens nachgedacht?«

»Außer der Liebe hat es keinen Sinn.«

»Bist du fertig?«

»Noch nicht ganz.«

Er hatte immer noch Lust herumzualbern. »Sag mal, Liebste, stört es dich nicht, dass wir uns amüsieren, während die Welt um uns herum alles furchtbar ernst nimmt?«

Sie lachte schallend los. »Meinst du nicht, dass wir völlig ernst sind und die anderen bloß herumspielen?«

»Woher hast du diese geistreiche Art, dich auszudrücken?«

»Du kommst schon noch hinter das Geheimnis.«

Wenn die Nacht vergeht und der Morgen gnadenlos anbricht, bleibt dir nichts anderes übrig, als in die Düsterkeit zurückzukehren. Vorbei die Harmonie, vorbei der Rausch, zwei traurige Augen verfolgen dich und eine Wand aus Stein. Banale Weisheiten fliegen dir an den Kopf, vermischt mit harschen Vorwürfen, die dich zermürben wollen wie der Sand des Wüstensturms. Halt mit ganzer Kraft dagegen, gib deiner Antwort die Entschiedenheit, von der dein Widerwille getragen ist. Fertige sie ab mit Sätzen wie: Störe mich nicht. Ich bin, wie ich bin, und werde nie anders sein, weder heute noch morgen noch irgendwann. Nimm endlich die Realität zur Kenntnis. Halt Busaina raus. Hör auf mit deinem Gerede, ich mache sowieso nur, was mir passt. Stelle dich taub, geh nicht auf ihre fürsorglichen Fragen ein. Sag einfach: Denk von mir, was du willst. Ich habs satt, mich dauernd entschuldigen zu müssen.

Die Tür ging auf – Warda erschien in ihrer ganzen Schönheit.

»Na, wie sehe ich aus, Liebster?«

Er starrte sie an, konnte den Blick nicht von ihr reißen. »Lass mich der Satz sein, den noch nie eine Zunge zu sagen gewagt hat«, murmelte er leise.

10

Wie immer am Freitag, wenn keine Schule war, saß er mit Busaina auf der Terrasse. Ich habe sie tatsächlich eine ganze Woche nicht gesehen, überlegte er. Sie saß ihm gegenüber, und er fand es hübsch, wie die Sonne ihren Schoß und ihre Beine beschien. Auf dem Nil ließen die Strahlen lauter kleine Perlen funkeln. Er fand es eigenartig, dass er sich kaum noch daran erinnern konnte, wie Busaina als kleines Kind gewesen war. War sie ein Teufel wie Gamila gewesen? Wie auch immer, heute war sie jedenfalls ein schönes, elegantes, kluges, fleißiges Mädchen und – eine Dichterin. Den Gedanken, dass sie das Abbild ihrer Mutter aus früheren Zeiten war, schob er weit weg. »Für eine Künstlerin bist du viel zu ernst, finde ich.«

»Ich bin auch eine Künstlerin!«, plapperte Gamila, die in der Tür stand.

Er drohte ihr mit dem Finger, dann schaute er wieder seine Große an. Ihm schien, dass sich hinter ihrer ernsten Miene Trauer, vielleicht auch Vorwürfe verbargen. »Du bist viel zu dünn, und deine kleine Schwester ist viel zu dick. Isst du denn nicht genug?«

»Ich schon!«, rief Gamila.

Die Haushälterin, Umm Mohammed, kam und zog Gamila trotz allen Protests hinein.

»Mama ist krank«, murmelte Busaina.

»Ach was, sie ist in Ordnung. Erzähl mir lieber etwas über dich.«

»Da gibt es nichts Wichtiges, und es stimmt einfach nicht, dass Mama in Ordnung ist.«

In dieser Wohnung wirst du immer der Gejagte sein, das hört nie auf. Ach, Busaina, interessiert dich tatsächlich nichts anderes als Gedichte, Mathematik, Chemie? Ist der liebe Gott dein einziger Geliebter?

»Du redest nicht gern über Mama.«

Er runzelte die Stirn. »Sie will nicht verstehen, dass ich krank bin.«

Für einen Moment trafen sich ihre Blicke, bevor er schnell, als habe er eine Niederlage erlitten, auf den Nil starrte.

»Was sagt denn der Arzt, Papa?«

Ärger stieg in ihm auf; um seinen Groll zu verbergen, erwiderte er betont freundlich: »Ich bin mein eigener Arzt.«

»Entschuldige, aber du hast mich gelehrt, immer offen mit dir zu reden.«

»Stimmt.«

»Schau mal, Papa!«, schrie Gamila mit ihrer kleinen, piepsigen Stimme.

Er stand auf und hielt sie fest, bis Umm Mohammed kam und sie wieder mit sich nahm.

»Sind wir daran schuld, dass du so missmutig bist?«

»Gott bewahre! Wenn man an sich selbst leidet, ist man versucht, die Flucht anzutreten.«

»Sie weint andauernd, und das tut mir weh.«

»Du musst sie davon überzeugen, dass sie einem Irrtum unterliegt.«

Busaina spielte mit dem Armband ihrer Golduhr. »Aber du benimmst dich ihr gegenüber völlig anders als früher. Als du sie zum Beispiel angefahren hast, dass du tust, was dir passt.«

»Ach, das hat sie dir erzählt?«

»Ich bin die Einzige, bei der sie sich ausklagen kann.«

Sein Herz krampfte sich zusammen. »Du weißt doch, was man so sagt, wenn man sich ärgert.«

»Sie ist jedenfalls bereit, alles für dich zu tun, was in ihren Kräften steht.«

»Sie kann überhaupt nichts tun.«

Busaina zögerte, dann fragte sie: »Meinst du nicht, dass sie vielleicht denkt, du hättest ...«

»Zeig mir doch mal deine neuen Gedichte«, unterbrach er sie schnell.

»Es gibt keine neuen.«

»Inspiriert dich dein Angebeteter nicht mehr?«

»Vielleicht denkt sie ... na, du weißt schon.«

»Ach, belastet sie dich mit ihren albernen Ängsten?«

»Ich bin einfach nur traurig.«

Er steckte sich eine Zigarette an. »Das ist doch alles dummes Zeug, Hirngespinste.«

»Ich glaube dir gern, du warst für mich immer die Ehrlichkeit in Person. Deiner Meinung nach sind das also nur Hirngespinste?«

Jetzt steckst du in der Klemme. »Deine Mutter belastet dich wirklich zu stark.«

»Sag, dass es Hirngespinste sind.«

Er sah sie vorwurfsvoll an, aber sie wich seinem Blick aus und starrte auf den Nil.

»Da ist keine andere Frau?«

Von hinten piepste es: »Wo ist die Frau?«

Dieses Mal, als suchte er Schutz, nahm er die Kleine auf den Schoß und begann mit ihr zu spielen, etwas grob vielleicht, aber anders ging es bei diesem Wildfang nicht.

»Papa, ich warte auf eine Antwort«, flehte Busaina.

»Was denkst du von deinem Vater?!«

»Ich will dir ja glauben, also bitte, rede!«

»Da ist nichts«, brachte er völlig verzweifelt heraus.

Ihr Gesicht fing zu strahlen an, während sein Herz blutete. Je stärker ihre Augen vor Freude funkelten, desto finsterer wurde für ihn die Welt. Die Luft kündete vom nahenden Herbst, die Baumkronen färbten sich gelb. Das Weiß der Wolken spiegelte sich auf dem grauen Wasser. Die Leere füllte stumme Trauer, und viele Fragen schwangen mit, auf die es kaum eine Antwort gab. Seine Lüge türmte sich wie ein Ungetüm vor ihm auf, das ihn ins Nichts zu stoßen drohte.

Als er vor Verzweiflung nicht mehr ein noch aus wusste, suchte er Mustafa in seinem Redaktionsbüro auf. Das Gespräch ging hin und her, bis Mustafa schließlich stöhnte: »Ich bin dir in allem gefolgt, ich habe dir geholfen, wo ich nur konnte, aber ich habe nie die Hoffnung aufgegeben, dass du deinen Irrtum einsiehst. Stattdessen muss ich erleben, dass du dich immer tiefer in dieses Abenteuer stürzt.«

»Siehst du denn nicht«, rief Omar aufgebracht, »dass ich jetzt die Kunst lebe, die ich damals schaffen wollte?«

Aber Mustafa ließ sich mit der Antwort Zeit; er redigierte erst einmal einen Artikel, der in die Druckerei geschickt werden musste. Schließlich sah er auf. »Es kam mir oft so vor, als rühre deine ganze Krise einzig und allein von deinem verdrängten Kunstkomplex her.«

Omar wehrte mit einem heftigen Kopfschütteln ab. »Ach was, es geht nicht um die Kunst an und für sich, sondern um die Kunst als rettende Zuflucht, wenn wir vor etwas fliehen.«

Mustafa zögerte kurz, bevor er sagte: »Wären wir Wissenschaftler, die sich zwanzig Jahre mit einer Gleichung beschäftigen, wäre unsere Psyche vielleicht nicht so empfindlich.«

Wieder schüttelte Omar den Kopf, aber nun eher bedauernd. »Mein ganzes Elend rührt vielleicht daher, dass ich nach einer Gleichung suche, ohne über das notwendige Wissen zu verfügen.«

Der Freund lachte. »Und da es in unserem Zeitalter keine Offenbarungen gibt, bleibt Leuten wie dir nur noch eins, nämlich sich wie ein Vagabund auf die Suche zu machen.«

Vagabundieren, Tag und Nacht. Das tust du schon jetzt, wenn du alberne Romane und banale Gedichte liest. Wenn du in Nachtklubs Götzen anbetest. Wenn du versuchst, dein abgestumpftes Herz mit der Sehnsucht nach höllischen Abenteuern neu zu beleben.

Er hörte Mustafa davon reden, dass Zainab unter einer doppelten Last leide, der, im Stich gelassen zu werden, und der, schwanger zu sein.

O ja, bestimmt geht es ihr schlecht, aber mag dein Herz auch aus Stein sein, was sie betrifft, würdest du ihr dennoch jeden Wunsch erfüllen, allerdings unter einer Bedingung – dass sie dich aus dieser toten Liebe entlässt. Wenn du es unbedingt wissen willst, Zainab: Ja, da ist eine andere Frau.

Hass ist eine Pflanze, die im fauligen Sumpf abgedroschener Phrasen und alltäglicher Nichtigkeiten prächtig gedeiht. Darüber tröstet kein Erfolg und kein Reichtum hinweg, denn über alles hat sich Moder gelegt. Deine Seele – gefangen in einem schmutzigen Krug wie ein abgetriebener Fötus, dein Herz – im Würgegriff von Stumpfsinn und klebrigen Erinnerungen. Verwelkt die Blüten des Lebens; trocken geworden fallen sie zu Boden, und von dort gehts auf zur letzten Ruhestatt – dem Mülleimer. Du kannst weinen, so lange du willst, trotzdem wirst du dich mit der Realität abfinden müssen.

Abneigung und Entfremdung haben alles getötet. Einige wenige Fragen, und schon brechen die Grundpfeiler des Seins zusammen. Guter Mann, was ist, wenn Sie den

Prozess gewinnen und die Regierung morgen den Boden enteignet? Genießen wir nicht unser Leben, auch wenn wir wissen, dass Gott es uns nimmt?

Er saß lustlos an seinem Schreibtisch, als der Bürodiener den Besuch von Herrn Jazbek ankündigte. Den dicken Bauch vor sich hertragend, trat er ein, grüßte und verbeugte sich, bis er schließlich Platz nahm. »Ich kam hier zufällig vorbei, und da wollte ich die Gelegenheit nutzen, Ihnen guten Tag zu sagen.«

Omar lächelte spöttisch. »Geben Sie ruhig zu, dass Sie vom anderen Ende der Welt gekommen sind, nur um über Warda zu reden.«

»Aber mein lieber, hoch geschätzter Herr Anwalt, Sie wissen doch, dass mein Garten vor Rosen überquillt.«

»Gut, dann werden wir den Namen Warda kein einziges Mal erwähnen.«

Der Mann grinste. »Ist ja auch dumm von mir anzunehmen, dass ich die Oberhand behalten könnte. Also gut, nähern wir uns dem Problem auf kürzestem Weg.«

»Und das wäre?«

Mit halb geschlossenen Augenlidern und ernster Miene erklärte Herr Jazbek: »Warda kommt ihren Pflichten nicht mehr nach.«

»Wieso? Sie tanzt doch. Weitere Pflichten hat sie meines Wissens nicht.«

»Verehrter Herr Anwalt, leider waren Sie letzte Nacht nicht zugegen, da hätten Sie sehen können, wie sie tanzt.«

»Was soll das heißen?«

»Nun ja, jedenfalls dachte ich, es wäre das Beste, mich gleich bei Ihnen zu beklagen.« Da Omar nur mürrisch dreinschaute, fuhr er fort: »Arbeit bleibt Arbeit, Verehrtester, und ich wünschte mir, dass ...«

»Tun Sie, was Sie nicht lassen können«, unterbrach Omar ihn kühl.

»Ich möchte Sie nicht verärgern, aber ...«

»Ich entschuldige Sie im Voraus.«

Der Mann neigte dankend den Kopf. »Ich verspreche Ihnen auch, dass ich Warda, sobald Sie nichts mehr von ihr wissen wollen, wieder arbeiten lasse.«

»Tut mir Leid, Herr Jazbek, aber dieser Tag wird nicht kommen.«

»Dann kann ich Ihnen nur alles Glück der Welt wünschen, Herr Anwalt.« Er stand auf, um zu gehen.

Plötzlich hatte Omar wieder einen seiner kindischen Einfälle. »Darf ich Sie fragen, was für Sie der Sinn des Lebens ist?«

Verblüfft schob Herr Jazbek die dünnen Augenbrauen in die Höhe. Als er sah, dass sein Gegenüber ihn mit großem Ernst anschaute, sagte er: »Das Leben ist einfach das Leben.«

»Sind Sie glücklich?«

»O ja, Gott seis gedankt. Manchmal läuft das Geschäft nicht so gut, oder es passiert so eine dumme Geschichte wie mit Warda, aber was solls, die Karawane zieht weiter.«

»Sie genießen das Leben, obwohl Sie wissen, dass Gott es Ihnen nehmen wird?«

»Sicher, das ist nun mal so. Aber ich habe ein schönes Haus, eine tolle Frau und einen Sohn, der in der Schweiz Chemie studiert und dort auch arbeiten wird.«

Omar lächelte. »Glauben Sie an Gott?«

»Natürlich! Was für eine komische Frage.«

»Dann können Sie mir doch gewiss sagen, wer oder was Gott ist.«

Der Mann lachte schallend los. Offenbar hatte er das Gefühl, nach so vielen seltsamen Fragen alle Förmlichkeit fallen lassen zu können. »Meinen Sie, dass Ihre Affäre mit Warda länger dauern wird?«, fragte er vertraulich.

»Aber sicher.«

»Könnte es nicht sein, dass …«

»Hören Sie«, unterbrach ihn Omar, »im gleichen Moment, da Sie mir sagen, was Gott ist, überlasse ich Ihnen Warda ohne jedes Wenn und Aber.«

Herr Jazbek stand auf, verbeugte sich, und mit den Worten: »Stets Ihr ergebener Diener« ging er hinaus.

11

Er küsste sie innig. »Ich weiß, was für ein großes Opfer es für dich ist, nicht mehr zu arbeiten.«

In ihren Augen glänzten Tränen. »Für dich bringe ich es gern.«

Das orientalische Zimmer war vom Duft der Liebe erfüllt. Nie hätte er gedacht, dass er diese Frau so sehr lieben würde.

Warda holte aus ihrer Morgenrocktasche eine dunkelblaue Schachtel heraus und gab sie ihm. Ein wenig verlegen sah sie zu, wie er die Schachtel öffnete – es lagen goldene Manschettenknöpfe darin.

Freudig überrascht, als hätte er noch nie etwas Goldenes besessen, rief er: »Liebste!«

»Wie du siehst, sind das Herzen.«

»O ja, mein Schatz, genau wie dein Herz, das ist auch aus Gold.«

Zärtlich glitten ihre Finger durch sein dichtes, schwarzes Haar. »Wieso hast du heute Wäsche und Anzüge mitgebracht?«

Im Nu fiel alle freudige Erregung von ihm ab, sein Gesicht verdüsterte sich. »Ich werde endgültig ausziehen.«

»Nein!«

»Es ist die einzige Lösung.«

»Aber ich habe dir doch gesagt, dass ich dir keine Unannehmlichkeiten machen will?«

»Lassen wir das Thema.«

Still und leise brach der Morgen an, doch die Atmosphäre war von einer solchen Spannung erfüllt, dass er glaubte, sie knistern zu hören. Zainab weinte bitterlich, nicht nur vor Verzweiflung, sondern auch vor Wut; zwei schwärzlich graue Rinnsale flossen ihre Wangen hinunter. Da kannte er dieses Gesicht zwanzig Jahre, aber dass Wut es so entstellen konnte, das hätte er nie gedacht. »Wie oft habe ich dir schon gesagt, dass du die Realität akzeptieren musst.«

»Du hättest besser gleich sagen sollen, dass du deine Ehre von einer Hure besudeln lässt!«

»Schrei nicht so, du weckst noch alle auf.«

»Lippenstift am Taschentuch, ekelhaft!«

Von Zorn übermannt schrie er: »Na und? Was gehts dich an!«

»Du hast eine Tochter, die im heiratsfähigen Alter ist!«

»Ich will hier nicht krepieren!«

»Schämst du dich nicht? Ich jedenfalls schäme mich für dich.«

»Sich in den schleichenden Tod zu schicken, ist viel beschämender.«

Sie senkte den Kopf, und mit halb erstickter Stimme stöhnte sie: »Zwanzig Jahre ohne zu wissen, was für ein Dreckskerl du bist.«

»Dann machen wir eben Schluss!«, schrie er wie ein Wahnsinniger.

»So weit ist es, du schickst mich in die Fremde.«

»Du kannst hier bleiben, ich ziehe aus.«

Du hast dich in den Sessel fallen lassen und vor lauter Schmerz die Augen geschlossen. Als etwas raschelte, hast du den Kopf gehoben – Busaina stand vor dir, schlaftrunken und blass. Ihr habt euch angestarrt, und die lastende Stille war von Vorwurf und Schuldgefühl erfüllt. Du hast dich an deine erbärmliche Lüge erinnert, wusstest, dass du eine solche Schande noch nie erlebt hast. »Tut mir Leid, dass wir dich geweckt haben.«

Die zusammengepressten Lippen zeigten ihm, wie sehr sie sich in ihrem Stolz verletzt fühlte.

»Es nützt nichts mehr, miteinander zu reden.«

Eine schwere Last schien sie zu Boden zu drücken.

»Deine Mutter kann hier bleiben, es wird ihr an nichts fehlen.« Er betete zu Gott, dass sie nicht anfangen würde zu weinen. »Ich weiß, das ist ein großes Unglück«, stammelte er, »aber leider gibt es für mich keinen anderen Weg, um noch schlimmeres Unheil abzuwenden.«

Sie sah ihn mit tieftraurigen Augen an. »Aber du hast gesagt, da sei nichts.«

Sein Gesicht glühte, er stöhnte. »Es war nicht der Zeitpunkt, die Wahrheit zu sagen.«

»Warum?«

»Busaina«, flehte er, »lass uns das, was wir an Liebe füreinander empfinden, nicht zerstören.«

Als du fortgingst, wusstest du, dass du sie erst dann wieder sehen würdest, wenn sie dir verziehen hat.

»Du wirst deinen Entschluss bereuen«, sagte Warda leise.

»Bestimmt nicht. Ich kann dieses Leben voller Lügen nicht mehr ertragen.«

Sie sah nachdenklich aus. »Ich habe Angst, dass ich dich nicht glücklich machen kann.«

»Aber ich bin doch glücklich, sogar sehr.«

In der Tat kostete er das neue Lebensgefühl in vollen Zügen aus. Jeden Gedanken, der seine Heiterkeit hätte stören können, schob er weit weg von sich. Ihm war klar, dass Mustafa sein Verhalten nicht billigen würde, deshalb hatte er ihm beim ersten Treffen nach seinem Auszug ohne Umschweife erklärt: »Ich bin glücklich, dagegen kannst du doch nichts haben? In meinem tiefsten Innern regt sich sogar die Lust, Gedichte zu schreiben.«

Selbst an der Arbeit fand er wieder Gefallen, auch wenn er immer noch davor zurückschreckte, neue Fälle anzunehmen. Machte er eine Pause, rief er Warda an; es gab ihm neue Kraft. Sobald das Büro schloss, eilte er nach Hause, und jedes Mal trat ihm eine strahlende, glückliche Geliebte entgegen. Die meiste Zeit verbrachten sie im orientalischen Zimmer, aber gelegentlich schlenderten sie auch in Kairos Vororten herum oder suchten Plätze auf, an denen sich Liebespaare gern trafen. Manchmal machten sie nächtliche Fahrten nach Fajum oder kehrten in einem Rasthaus an der Wüstenstraße ein. Als Warda bemerkte, dass ihn sein Hang zur Poesie wieder stärker beschäftigte, fing sie an, ihm ihre Lieblingsverse vorzutragen. Sie beherrschte noch aus der Zeit ihres Studiums Passagen aus Schaukis Theaterstücken und viele Liebesgedichte.

Er bewunderte sie dafür, sagte, dass er es großartig finde, wie stark ihre Liebe zur Dichtkunst sei.

Wann immer sie ihn anspornte, seine lyrische Vergangenheit wieder aufleben zu lassen, wehrte er vorsichtig ab. »Poesie ist etwas sehr Schönes, aber noch schöner ist es, sie zu leben.«

Eines Tages fragte sie ihn, warum er noch nie etwas über ihr früheres Leben habe wissen wollen. Er gab ihr einen Kuss und erwiderte: »Wenn man mit so viel Liebe gesegnet ist, vertraut man dem anderen bedingungslos. Also gibts keinen Grund, Fragen zu stellen.«

Aber offenbar verspürte Warda den Wunsch, über vergangene Zeiten zu sprechen. »Mein Vater«, erklärte sie, »unterrichtete Englisch an der Schule. Er war ein guter Lehrer, einer von denen, die Schüler nie vergessen. Hätte er noch gelebt, als ich ans Schauspielinstitut wollte, hätte er meinen Entschluss gutgeheißen und mich ermutigt. Leider war meine Mutter eine sehr bigotte und geistig ziemlich beschränkte Frau, also stellte sie sich dagegen. Ich habs trotzdem gemacht. Als ich dann beschloss, Tänzerin zu werden, war sie außer sich. Und genauso reagierten ihre Brüder und ein alter Bruder meines Vaters, es gab Krach, der damit endete, dass sich alle von mir lossagten und ich von zu Hause fortging.«

»Und wie hast du so ganz allein gelebt?«

»Gewohnt habe ich bei einer Kollegin vom Theater.«

Er drückte zärtlich ihre Hand, sah sie voller Bewunderung an. »Mochtest du das Tanzen schon immer?«

»Ja, aber andererseits träumte ich davon, Schauspielerin zu werden. Ich habe mir Mühe gegeben, aber es wurde trotzdem nichts. Also habe ich mich wieder meiner ersten Leidenschaft zugewendet.«

Mit ernster, beinah düsterer Miene fragte er: »Hat dich Jazbek schikaniert?«

»Eigentlich ist er netter als die meisten seiner Kollegen. Ich wusste ja, was es heißt, in einem Nachtklub zu arbeiten.« Sie schaute ihm tief in die Augen. »Du bist und bleibst meine einzige Liebe.«

Dankbar und überglücklich zog er sie an sich. »Warum hast du die Beziehung zu deiner Mutter nicht wieder aufgenommen, als es mit der Schauspielerei nichts wurde?«

»Dafür war es zu spät. Außerdem habe ich meinen Stolz, und dass ich gescheitert bin, hat mir sehr zugesetzt.«

Scheitern, Misserfolg, Niederlage! Das ist ein Fluch, der, selbst wenn er begraben ist, nicht stirbt. Keiner hört deinen Gesängen zu, und deine Sehnsucht, das Geheimnis alles Seins zu ergründen, erlischt zusehends. So plätschert das Leben ohne Geheimnis dahin, bis eines Tages das große Lamento über uns hereinbricht und alles zerstört.

Sein Büro erlebte gewichtige Besuche. Zuerst kam sein Onkel Hussain Karam, dann seine einzige Schwester, und beide flehten ihn händeringend an, die »Tänzerin« ja nicht zu heiraten. »Beharrst du auf dieser Affäre«, mahnte der Onkel, »wirst du für eine weitere Karriere nicht infrage kommen.«

»Weder habe ich je daran gedacht, noch will ich es jetzt«, erwiderte er barsch.

Er verteidigte sein Glück mit ganzer Kraft, und diese Verbissenheit war zum großen Teil der Verzweiflung geschuldet, die ihn vor noch gar nicht so langer Zeit zu ersticken drohte. Er legte eine geradezu kindliche Heiterkeit und Unschuld an den Tag, und sein Freund Mustafa stellte lachend fest: »Nun kannst du uns bestimmt sagen, was der Sinn des Leben ist.«

Omar schmunzelte. »Die Frage stellt sich einem erst, wenn das Herz leer ist. Ein voller Krug scheppert nicht. Der Rausch der Liebe ist Erfüllung, und deshalb hoffe ich inbrünstig, dass diese Liebe ewig dauert.«

»Manchmal bedaure ich dich, aber manchmal beneide ich dich auch«, erklärte Mustafa.

Omar hielt den Mund, aber seine Augen glänzten fast triumphierend.

»Da presche ich durch dieses übervolle Leben«, fuhr Mustafa fort, »das keine Zeit zum Nachdenken lässt. Aber an manchen Tagen, wenn der Sandsturm wütet, kommt es vor, dass das Gefühl, gescheitert zu sein, aus den tiefsten Tiefen in mein Bewusstsein aufsteigt. Da passiert es schon mal, dass ich mir diese teuflische Frage nach dem Sinn des Lebens stelle, aber so schnell sie kommt, so schnell verdränge ich sie auch wieder, gerade so, als schämte ich mich dafür.«

Der kalte Wind rüttelte an den Fenstern; der Winter machte aus den späten Nachmittagsstunden dunkle Nacht. Armer Mustafa, dachte Omar, seine Glatze wird nun der Kälte trotzen müssen.

»Warum fragen wir überhaupt?«, sinnierte Mustafa laut vor sich hin. »Lange Zeit hat es der Glaube an Gott überflüssig gemacht, nach dem Sinn des Lebens zu fragen. Jetzt versuchen wir die Leere zu füllen, indem wir uns auf das Gesetz der Natur berufen. Gestern zum Beispiel hatte ich so einen schwarzen Tag, es ging mir gar nicht gut. Was habe ich getan? Ich habe mir gesagt, dass meine Rezensionen wichtig sind, dass meine Radiosendungen wichtig sind, dass meine Stücke im Fernsehen wichtig sind, und deshalb gibt es überhaupt keinen Grund, irgendwelche sinnlosen Fragen zu stellen.«

»Du bist ein Held!«

Mustafa war nicht mehr zu bremsen. »Gestern, als ich mit meiner Frau schlief, war ich wieder einmal in Bestform. Ich habe dem Chefredakteur gleich vorgeschlagen, dass ich diese Nacht zum Thema meiner Spalte ›Das Kunstereignis der Woche‹ mache. Mein Sohn Omar, unglücklicherweise habe ich ihn nach dir genannt, ist, nun ja, ein pubertärer Rüpel. Das Einzige, was ihn interessiert, ist Fußball, und das betreibt er mit der gleichen Leidenschaft, die wir damals hatten, als wir noch die Welt aus den Angeln heben wollten.«

O ja, einer von uns hat wirklich versucht, die Welt zu verändern. Nun sitzt er im Gefängnis. Eines Tages wird er entlassen werden. In ein paar Jahren. Man wird sich peinlich berührt anschauen. Sollen sich andere den Kopf darüber zerbrechen.

»Übrigens hat mir der Chefredakteur vorgeschlagen, vor den Angestellten und Arbeitern einen Vortrag über sozialistische Bewusstseinsbildung zu halten.«

»Ach ja? In welcher Eigenschaft?«

»In meiner Eigenschaft als alter Sozialist.«

»Natürlich hast du Ja gesagt.«

»Natürlich. Aber jetzt frage ich mich wirklich, ob es nicht, solange sich der Staat derart rührend um das fortschrittliche Gedankengut kümmert, klüger wäre, sich auf seine privaten Dinge zu konzentrieren.«

»Wie Popcorn und Melonenkerne verkaufen und nach dem Sinn des Lebens fragen.«

»Oder sich verlieben und den Rausch der Erfüllung finden.«

»Oder sich ins Bett legen, ohne krank zu sein.«

Für eine Weile zogen sie schweigend an ihren Zigaretten, bis Omar plötzlich fragte: »Wie geht es ihnen?«

Mustafa lächelte. »Zainab gehts gut, sie hat sich wieder gefangen. Die Schwangerschaft setzt ihr ganz schön zu. Es gibt übrigens etwas, das du wissen solltest.«

Omar sah ihn neugierig an.

»Sie hat die Idee, sich nach der Entbindung eine Arbeit zu suchen.«

Unwillig winkte Omar ab.

»Als Dolmetscherin oder Übersetzerin. Ich fürchte, dass sie eines Tages aus eurer Wohnung ausziehen wird.«

»Wieso? Es ist doch ihr Zuhause!«

Mustafa lächelte spöttisch. »Ansonsten ist Busaina völlig mit der Schule beschäftigt, und Gamila hat dich nahezu vergessen.«

Omar senkte verlegen den Kopf.

»Und ich ... ich komme meine Pflichten nach und werde nicht müde, dich aufs Schärfste zu kritisieren.«

Jetzt musste Omar lachen. »Du alter Heuchler.«

»Was meine Frau betrifft, hört sie nicht auf, einen Angriff nach dem anderen gegen dich zu starten.«

»Ist doch klar.«

»Ab und zu verteidige ich dich, wenn wir allein sind. Du littest unter einer ernst zu nehmenden psychischen Krankheit, sage ich immer, wobei ich umgehend beteuern muss, dass das keine ansteckende Krankheit ist.«

12

Wardas Liebe zu Omar war einzigartig; sie grenzte fast an Selbstaufgabe. Die Art, wie sie sich um ihr Liebesnest kümmerte, glich einem religiösen Ritual. Ihr ganzes Leben drehte sich um diesen Mann und diese Wohnung. Sie sorgte für alles, eine Haushaltshilfe lehnte sie ab. Wann immer Omars Blick wohlgefällig auf den Möbeln und Bildern ruhte oder er den Duft frischer Rosen genoss oder im orientalischen Zimmer Musik hörte, sagte er sich, das sei das Paradies. Da Warda nie um etwas bat, nie Ansprüche stellte, musste er sie geradezu drängen, sich doch mal etwas Hübsches zum Anziehen oder was sie sonst so brauchte zu kaufen. Sie war etwas dicker geworden und ging deshalb viel spazieren und schränkte sich beim Essen ein. Sie achtete darauf, dass auch er nicht zu viel aß oder trank. Omar hatte allmählich das Gefühl, dass sie mit seiner Person regelrecht verschmolz. Sie klammerte sich an ihn, als sei er, und nur er, ihre ganze Hoffnung. An den langen Winterabenden blieben sie für sich allein. Bis spät in die Nacht hinein saßen sie im orientalischen Zimmer und führten endlose Gespräche – über Vergangenheit, Gegenwart und Zukunft, über Realität und Visionen, über Wahrheit und Traum. Küsse und Zärtlichkeiten unterbrachen hier und da die Plauderei, und wären da nicht die geschlossenen Läden der Verandafenster gewesen, sie hätten nicht wahrgenommen, dass draußen der Winter mit Stürmen und Regengüssen herrschte. Manchmal schwiegen sie auch, aber dieses Schweigen war nicht unangenehm, sondern von Harmonie, Zufriedenheit und Entspanntheit erfüllt. Gelegentlich dachte sich Omar in solchen Momenten Geschichten aus, amüsante, dann lächelte er, oder auch beklemmende, dann starrte er düster vor sich hin.

Einmal hatte er sich einen Autounfall ausgemalt, und als er tatsächlich zu sehen glaubte, wie ein Mann im besten Alter durch die Luft geschleudert wurde, zuckte er erschrocken zusammen. Im gleichen Moment hörte er Warda besorgt flüstern: »Wo bist du in Gedanken?«

»Ist schon gut«, erwiderte er verlegen.

Sie schlang ihre Arme um seinen Hals. »Ich wette, es war etwas Wichtiges.« Für einen Moment schwieg sie, dann probierte sie es noch einmal. »Busaina und Gamila könnten dich doch eigentlich mal im Büro besuchen?«

Er musste an ein Spinnennetz denken. Seltsam, mit welcher Kunst das gewebt war, nur um eine Fliege zu fangen. »Busaina will nicht.«

»Weiß sie denn, dass du sie gern sehen würdest?«

»Mustafa hats ihr gesagt.«

»Ach ja? Das hast du mir nicht erzählt.«

»Ist ja auch nicht wichtig.«

»Aber mich interessiert alles, was mit dir zu tun hat.«

Um sich von seinen merkwürdigen Hirngespinsten abzulenken, schaltete er schließlich hin und wieder den Fernseher ein. Es gab kaum etwas, das seine Aufmerksamkeit erregte, also wechselte er zwischen den drei Programmen hin und her. Als sich Mustafa am Telefon erkundigte, wie es ihnen gehe, lud Warda ihn ein, und da sie fand, dass er ein umgänglicher Mensch sei, bat sie ihn öfter zu Besuch. Bei einer dieser Gelegenheiten fragte Mustafa, ob denn das Dichten Fortschritte mache.

»Aber ja, große«, erwiderte Warda prompt.

»Unsinn«, wehrte Omar verächtlich ab. »Lauter Fehlgeburten, hab alles zerrissen.«

»Glück ist wichtiger als Poesie«, versuchte Mustafa ihn zu trösten.

Fast wollte er fragen, was denn Glück sei, doch die großen, grauen Augen, die ihn aufmerksam ansahen, hielten ihn davon ab.

Der Fernseher, das Radio und Mustafas Besuche brachten es mit sich, dass ihre Gespräche seltener wurden. Überkamen ihn wieder seine Traumgesichte, stöhnte er innerlich auf. Er stellte sich vor, dass er im Besitz magischer Kräfte wäre und die Leute zum Staunen brächte. Er könnte zum Beispiel von einer Sekunde zur anderen das Opernhaus verschwinden lassen, und während sich die Leute noch verblüfft die Augen rieben, würde er es genauso schnell wieder hinzaubern. Angesichts eines solchen Wunders wäre das Geschrei groß. Alle Menschen sehnten sich doch nach nichts mehr als nach Wundern. »O Gott!«, seufzte er.

Warda sah ihn besorgt an. »Warum lädtst du nicht ein paar Freunde ein und machst dir einen schönen Abend?«

»Außer Mustafa habe ich keine Freunde.«

Sie sah ihn ungläubig an.

»Kollegen und Bekannte sind für mich keine Freunde.«

Von nun an übernahm sie die Initiative und drang auf ihn ein, öfter gemeinsam auszugehen. Sie verbrachten den Abend im Kino oder im Theater, ja selbst in Nachtklubs.

»Ist doch besser, als immer nur zu Hause herumzusitzen«, meinte sie.

Er nickte zwar, blieb aber ansonsten stumm.

»Das ist das erste Mal, dass du dich mir gegenüber wenig liebenswürdig zeigst.«

Gerade noch rechtzeitig besann er sich. »Wieso? Ich hab dich doch oft genug gelobt für deine amüsanten Einfälle.«

»Ich bin gern mit dir allein, mir wird das nie über.«

»Mir auch nicht, das musst du mir glauben.« Er ärgerte sich, dass er so unaufmerksam gewesen war. O Gott, was ist bloß mit dir los?

Mustafa tat noch immer so, als komme er nicht aus dem Staunen heraus über das neue Glück. Einmal, als er Omar im Büro besuchte, sagte er: »Erzähl mir was über deine Liebe. Vielleicht bringt mich das ja doch noch dazu, völlig neue Seiten des Lebens zu entdecken.«

Omars geschultes Ohr hörte den Spott heraus. Er wollte sich auf dieses Thema nicht einlassen. Statt einer Antwort fragte er: »Busaina will wohl überhaupt nichts mehr mit mir zu tun haben?«

»Du weißt, wie moralisch sie veranlagt ist, und außerdem hat sie ihren Stolz. Aber im tiefsten Innern betet sie dich an.«

»Vermisst sie mich denn nicht, diese Verräterin?«

»Irgendwann wirst du sie schon sehen. Schluss damit, erzähl mir, was deine Liebe macht.«

»Sie ist stärker denn je zuvor«, knurrte er trotzig.

»Ist das eine politische Erklärung?«

»Du bist ein alter Heuchler, und deshalb hast du nicht das Recht, hinter die Geheimnisse der Herzen anderer Menschen zu kommen.«

Mustafa brach in lautes Gelächter aus. »Dann lass mich mal die Lage aus meiner Sicht beschreiben. Die netten Plaudereien sind ins Stocken geraten, die spaßigen Spielchen verlieren ihren Reiz, dafür spielt Alkohol eine umso größere Rolle.«

»Geh zum Teufel, du Schuft.« Wie entsetzlich das alles ist! Warda liebt dich von ganzem Herzen, sie ist wunderschön – o Gott! Was kannst du nur tun, um den Rausch zu bewahren? Um die Poesie, die entschwunden ist, wieder mit Leben zu erfüllen? Grauenhaft, diese dunklen Tage im Winter.

Eines Abends gingen sie ins ›Neue Paris‹. Als die Musik einsetzte, traf ihn völlig unerwartet ein Schlag – auf der Bühne stand Margaret. Die Vergangenheit hatte ihn eingeholt, und die Erinnerung schmerzte. Mit aller Kraft bemühte er sich, nicht die Nerven zu verlieren.

»Je öfter ich dich seh, sehn ich mich,
je stärker ich mich sehn, brenne ich ...«

»Genauso ist es«, flüsterte ihm Warda ins Ohr.

O Gott, wenn du mit Margaret auch nur einen einzigen kurzen Blick tauschst, könnte Warda darin wie in einem aufgeschlagenen Buch lesen. Du solltest besser gehen.

Sie fuhren mit dem Auto durch die kalte Nacht; kein Mensch war auf den Straßen zu sehen.

Es gibt keinen Grund, dich aufzuregen, und es macht auch keinen Sinn. Trotzdem, der überstürzte Abbruch des Abends steigert deine Verdrossenheit ins Unerträgliche. Wieder einmal wirst du am Abgrund stehen, und packt dich dann Verzweiflung, nimmt die Selbstzerstörung ihren Lauf.

Er rief Warda vom Büro aus an und teilte ihr mit, dass er am Abend zu einem Empfang gehen müsse, der zu Ehren eines zum Richter ernannten Kollegen gegeben wurde. Er fuhr ins ›Neue Paris‹, wartete auf Margarets Auftritt.

Warum bist du hergekommen? Warum hast du es damit so eilig? Wonach suchst du? Ist die Geschichte mit Warda aus?

Nachdem Margaret gesungen hatte, kam sie mit hoch erhobenem Kopf an seinen Tisch. Er bestellte Champagner. Mit einem strahlenden Lächeln erklärte sie: »Tut mir Leid, dass ich damals ganz plötzlich abreisen musste.«

»Ganz plötzlich?«

»Ja, ich hatte ein Telegramm erhalten.«

Er starrte sie an, wunderte sich, mit welcher Macht er sich zu dieser Frau hingezogen fühlte. Als er vorschlug aufzubrechen, sagte sie: »Heute nicht.«

»Also wann?«, murmelte er, bemüht, nicht den Verstand zu verlieren.

»Morgen ginge es.«

Es war ein Uhr nachts, als er in das »Liebesnest« zurückkehrte. Warda saß im orientalischen Zimmer. Er küsste sie, bevor er sie fragte, warum sie noch wach sei. Es war, als hätte er Zainab vor sich.

»Natürlich bin ich noch wach«, erwiderte sie mit deutlichem Vorwurf. Sie sah ihn prüfend an. »Ich hoffe, dass du nicht zu viel gegessen und getrunken hast.«

Er zog sich den Pyjama an und streckte sich auf dem Sofa aus. Warda kam zu ihm, legte sich auf ihn und presste ihre Lippen auf seinen Mund. Er verspürte nicht das geringste Bedürfnis, zärtlich zu sein, doch mit dem Gedanken, dass er eben seine Pflicht erfüllen müsse, fügte er sich in sein Schicksal.

Als Warda ihn am nächsten Tag anrief, erwähnte er nicht, dass er am Abend nicht kommen würde. Es fiel ihm einfach keine Ausrede ein. Er fuhr ins ›Neue Paris‹, und auf dem Weg dorthin beglückwünschte er sich zu der neu gewonnenen Unbekümmertheit.

Das rote Licht der Lampen ließ Margaret wie eine Dämonin aussehen. Hingerissen starrte er ihren schlanken Hals an, und ihre tiefe, volle Stimme verzauberte ihn. Wie konnte es sein, dass er in dieser stickigen Atmosphäre in eine solche Euphorie geriet? Es roch nach Schnaps, um die spanischen Deckenlampen, die mit nackten Frauenleibern verziert waren, ringelten sich Rauchschwaden. Hinter einer großen, leuchtenden Glassäule umarmte sich ein Pärchen mit einer Leidenschaft, als ginge es um Tod oder Leben. Wieso kannst du dir Warda einfach so aus dem Herzen reißen? Warum schaffst du es, sie wie eine Papierblume wegzuwerfen? Warum drängt sich dir dauernd der Gedanke an den Tod auf? Wer kann mit Bestimmtheit sagen, ob all diese Betrunkenen wirklich real sind?

Das Auto fuhr in Richtung der Pyramiden.

»Es ist kalt heute Nacht«, sagte Margaret.

Er stellte die Heizung an.

»Warum fahren wir nicht zu dir nach Hause?«

»Ich habe kein Zuhause.«

Der Himmel war wolkenverhangen, es war stockfinster. »Kein einziger Stern«, frohlockte er. Er riss sie an sich, umarmte sie heftig.

»Die Dunkelheit macht mir Angst«, flüsterte sie.

Er brachte sie mit einem Kuss zum Schweigen. »Für Angst ist jetzt keine Zeit«, hauchte er. Sie fühlte sich wunderbar an, aber darum ging es nicht. Wichtig war allein, die Geheimnisse des Lebens zu berühren, sie in Worte zu fassen und eine Sprache zu finden, die stumme Zwiesprache mit der Nacht hält. Eine Melodie sollte sich aufschwingen und mit ihrer Harmonie davon künden, dass das Leben schöner würde. Atem sollte mit Atem verschmelzen und die vor Kälte erstarrten Herzen glühen lassen. Nichts sollte das Auge mehr wahrnehmen, nicht einmal die Finsternis der Nacht. Er stöhnte vor Lust, er stöhnte vor Freude über den kommenden Sieg, er stöhnte ... »O Gott!«, und das klang müde und bedrückt. Seine Augen durchbohrten die Finsternis, und verzweifelt fragte er sich, wohin sich der Rausch verflüchtigt hatte. Und wo war Margaret?

Er fuhr nach Hause, missmutiger als je zuvor. Warda empfing ihn mit eisiger Miene. Er lächelte, als er hallo sagte, und für einen kurzen, höchst unangenehmen Moment standen sie sich starr gegenüber. Er ging zum Sofa, legte sich hin. »Tut mir Leid.«

»Du brauchst keine Entschuldigung zu erfinden«, unterbrach sie ihn. Sie ging im Zimmer auf und ab, schließlich setzte sie sich in den Sessel, der neben dem Sofa stand. »Mir ist schon lange klar, dass du eine Veränderung brauchst.«

»So einfach ist das nicht.«

»Ich will dich nicht ins Kreuzverhör nehmen, und es gibt auch keinen Grund, sich gegenseitig zu quälen«, erklärte sie mit einer Entschiedenheit, die jeden Widerstand sinnlos machte. »Ich will dir nur eine einzige Frage stellen – sind wir gescheitert?«

»Du bist einzigartig, davon bin ich zutiefst überzeugt.«

Sie schaute zur Seite. »Warst du mit einer Frau zusammen?«

Er zögerte ein wenig. »Wenn du die Wahrheit wissen willst, muss ich dir sagen, dass ich noch immer nicht von meiner Krankheit geheilt bin.«

»Ach, und diese Krankheit«, fuhr sie ihn nun zum ersten Mal scharf an, »kann nur von einer anderen Frau geheilt werden.« Etwas ruhiger fuhr sie fort: »Alles, was ich dir bieten kann, ist meine Liebe. Wenn du sie nicht mehr willst, ist alles aus.« Sie lauschte verzweifelt auf sein Schweigen. »Launenhaftigkeit kann man in der Jugend vielleicht noch heilen, bei einem gesetzten Mann wie dir nicht.«

Er verdrehte die Augen, um damit anzudeuten, dass er des Gesprächs überdrüssig war. »Ich bin also verrückt?«

»Seltsam ist, dass du nicht den Eindruck machst, flatterhaft zu sein.«

»Wieso flatterhaft? Du hältst mich doch für verrückt.«

Wütend rief sie: »Wenn du glaubst, so weitermachen zu können, dann geh zurück zu deiner Ehefrau!«

»Ich habe keine Ehefrau.«

»Gut, dann gehe ich. Meine Situation ist besser als die deiner Frau. Ich habe kein Problem damit, eine Arbeit und eine Wohnung zu finden.«

Er fühlte einen stechenden Schmerz, am liebsten hätte er geschrien: Dann geh doch! Stattdessen streckte er die Beine aus und schloss die Augen.

»Warst du nun mit einer Frau zusammen?«

»Du weißt es doch«, murmelte er verächtlich.

»Wer ist sie?«

»Eine Frau eben.«

»Wer?«

»Das ist nicht wichtig.«

»Hast du sie schon vor mir gekannt?«

»Wir haben uns mal flüchtig getroffen.«

»Liebst du sie?«

»Nein.«

»Warum hast du dann mit ihr geschlafen? Zufällig, weil du gerade Lust hattest?«

»Genau.«

»Machst du immer, wozu du gerade Lust hast?«

»Nicht unbedingt.«

»Also wann?«

Von Zorn übermannt schrie er: »Wenn ich mich krank fühle!«

»Und da rennst du jedem Rock hinterher?«

»Ach was.«

»Aber hast du mich nicht geliebt?«

»Sicher.«

»Und jetzt liebst du mich nicht mehr.«

»Natürlich liebe ich dich, aber jetzt ist eben meine Krankheit wieder ausgebrochen.«

»Seit Tagen beobachte ich schon, wie du dich veränderst ...«

»Seit ich krank bin.«

Wütend fuhr sie ihn an: »Krank, krank! Ich kann das Wort nicht mehr hören!« Sie sah ihn an, und etwas beherrschter fragte sie: »Wirst du sie wieder sehen?«

»Ich weiß nicht.«

»Sag mal, macht es dir eigentlich Spaß, mich zu quälen?«

»Puh! Ich brauche jetzt Ruhe, bitte.«

Er fuhr mit Margaret in das Rasthaus an der Wüstenstraße; es war eine kalte, klare Nacht, und die Sterne funkelten. Auf der Rückfahrt fragte sie zärtlich: »Wäre es nicht besser, wenn wir uns eine Wohnung nehmen?«

»Vielleicht ja, vielleicht nein«, erwiderte er ausweichend. Für ihn stand bereits fest, dass es sinnlos war, diese Beziehung aufrechtzuerhalten.

Offensichtlich hatte sie diese Antwort verärgert, denn sie erklärte kühl: »Ich bin nicht der Typ für Straßenabenteuer.«

Er brachte sie in ihr Hotel, und während der ganzen Fahrt fiel kein einziges Wort.

13

Der Rausch der Liebe dauert nicht ewig, und das Vergnügen im Bett ist zu kurzlebig, um eine Spur zu hinterlassen. Aber wie soll man seinen Heißhunger stillen, wenn es nichts zu essen gibt? Ein Sturm treibt dich vor sich her, will dich vernichten. Beständigkeit ist ein totes Wort geworden, nie mehr wird es mit Leben erfüllt sein.

Im ›Neuen Paris‹ war ihm eine Tänzerin aufgefallen; sie hatte braune Haut, war sehr schlank, und ihre Augen blitzten fröhlich. Also fuhr er hin. Margaret stand auf der Bühne. Sie lächelte ihm zu, und er erwiderte lächelnd ihren Gruß. Nach der Vorstellung lud er die Braunhäutige an seinen Tisch ein. Er vermutete, dass Margaret diesen Flirt für einen üblen Trick hielt, eine Spielerei, mit der er sie ärgern wollte. Aber der Sturm, der ihn umtobte, hatte ihm allen Spaß an Spielereien ausgetrieben. Er bot der Kleinen Geld an, und sie war einverstanden. Es machte die Dinge nicht besser, aber als er sie lachen hörte, kam es ihm vor, als hätte sein Herz ein wenig gezuckt. Wenn dieses Herz nicht mehr bebte, wäre es sein Tod. Kunst, Wein, Liebe – welchen Ruf würde es noch geben, dem sich der Rausch nicht widersetzen kann?

Jede Nacht nahm er sich eine andere Frau. Er holte sie

sich aus den verschiedenen Klubs, sogar von der Straße. Als er im ›Capri‹ mit einer Tänzerin saß, sie hieß Muna, stürzte Herr Jazbek freudig erregt auf ihn zu. Omar ärgerte sich, denn dieses Frohlocken bedeutete für ihn nichts anderes als den Abgesang auf enttäuschte Hoffnungen.

»Verehrter Herr Anwalt, soll das heißen, dass ...«

Ein eisiger Blick verwies den Mann in seine Schranken, dann stand Omar auf und verließ mit Muna den Klub. Als er sie mit den Armen umschlang und sie an sich presste, überlief ihn ein seltsamer Schauder: die Lust zu töten. Er stellte sich vor, wie er ihr mit einem Messer die Brust aufschlitzte und innen drin endlich das fand, wonach er immer gesucht hatte. Töten ist die Kehrseite von Erschaffen, es vollendet den stummen, rätselhaften Lauf des Lebens.

»Was ist mit dir?«, flüsterte Muna.

Er schreckte auf. »Nichts, es ist bloß so dunkel ...«

»Aber außer uns ist hier niemand.«

Auf der Heimfahrt raste er wie ein Verrückter. Muna bekam es mit der Angst zu tun, sie hielt sich an seinem Arm fest und drohte ihm, laut um Hilfe zu schreien. Als er sich zu Hause auszog, war ihm klar, dass irgendetwas geschehen musste. Irgendetwas, oder ihm blieben nur noch der Wahnsinn oder der Tod.

Warda saß auf dem Bett. »Ich werde dich verlassen«, murmelte sie.

»Ich fühle mich für dich verantwortlich«, erwiderte er sanft.

»Ich will nichts.« Sie schwieg für einen Moment. »Das

wirklich Traurige ist, dass ich dich von ganzem Herzen geliebt habe.«

»Du hast nicht genug Geduld«, meinte er, nun schon etwas unwilliger.

»Mit der Geduld ists aus«, erklärte sie mit schneidender Stimme.

In diesem Augenblick empfand er einen solchen Ekel vor ihr, dass er es für klüger hielt, auf jedes weitere Wort zu verzichten.

Als er am nächsten Tag spät in der Nacht nach Hause kam, war von Warda nichts mehr zu sehen. Er lächelte erleichtert, legte sich, ohne den Anzug auszuziehen, aufs Sofa und genoss die Stille. Von da an brachte er jede Nacht eine andere Frau mit.

Mustafa kommentierte sein Treiben mit den Worten: »Hoch lebe der größte Weiberheld auf dem afrikanischen Kontinent!« Da Omar nur müde lächelte, fügte er hinzu: »Von Tag zu Tag wissen mehr Leute Bescheid. Sogar meine Kollegen zerreißen sich schon über dich das Maul, ganz zu schweigen von deinen Bekannten. Alle Welt fragt sich, was in dich gefahren ist und woher du auf einmal so viel jugendliches Ungestüm hast.«

»Um die Wahrheit zu sagen, hasse ich die Frauen«, stieß er angeekelt hervor.

Mustafas Grinsen verschwand, und auf einmal sah er sehr ernst aus. »Horch in dich hinein und such nach dem Grund deiner Unruhe, denn erst wenn du dich davon befreist, wird sich dein Zustand stabilisieren.«

Es wurde Frühling. Omar empfand es als höchst angenehm, dass er nicht mehr in den stickigen Räumen herumsitzen musste, sondern sich im Freien amüsieren konnte. Dennoch litt er weiter unter seiner Verdrossenheit und seinen Albträumen. Gelegentlich griff er nach einem Gedichtband, besonders indische und persische Dichter hatten es ihm angetan. Bei einem seiner nächtlichen Streifzüge führte ihn der Zufall mal wieder ins ›Capri‹. Er setzte sich in eine der Gartenlauben, bestellte sich etwas zum Trinken und genoss den frischen Frühlingshauch. Die Musik setzte ein, und siehe da, Warda erschien auf der Bühne und begann zu tanzen. Er war weder verblüfft, noch verärgert oder gar erfreut. Im Herbst hatte alles angefangen – Freude, Liebe, Rausch, und die Zeit verging, und schließlich war nur noch Hass geblieben. Wann wird das kranke Herz es schaffen, diesen Teufelskreis zu durchbrechen? Warum konnte er sich nicht einfach in Luft auflösen? Warda hatte ihn entdeckt, aber sie tanzte weiter, und Herr Jazbek äugte in geradezu lächerlicher Weise aufgeregt zu ihm hinüber. Er war nicht mehr in der Lage, irgendeinen Entschluss zu fassen. Als er nach der Vorstellung Warda in der Nähe herumstehen sah, bedeutete er ihr mit einem Wink der Hand, sich doch zu ihm zu setzen. Sie trat lächelnd an den Tisch, tat, als wäre nie etwas gewesen. Er bestellte etwas zum Trinken – mittlerweile hatte er sich in den Nachtklubs als Trinker einen Namen gemacht – und sagte: »Es tut mir alles schrecklich Leid, Warda.«

Sie lächelte geheimnisvoll. »Was vorbei ist, muss einem

nicht Leid tun.« Leise, fast beschwörend fügte sie hinzu: »Liebe zu erfahren ist etwas sehr Kostbares, selbst wenn sie einem Qualen bereitet.«

Er biss sich auf die Lippen und murmelte schließlich: »Es geht mir nicht gut.«

»Dann lass uns beten, dass du wieder gesund wirst.«

Er spürte die Blicke der Frauen, die er eine nach der anderen Nacht für Nacht abgeschleppt hatte. Als Warda spöttisch lächelte, murmelte er: »Verlangt hats mich nach keiner.«

Sie zog erstaunt die Brauen hoch.

»Ich hab sie alle gehabt und wollte keine Einzige.«

»Warum hast du es dann gemacht?«

»Weil ich von einer Sekunde auf die andere auf die göttliche Erleuchtung gewartet habe.«

Ihre Augen blitzten wütend. »Männer sind wirklich brutal. Sie glauben erst dann an die Liebe, wenn die Frauen nichts mehr davon wissen wollen.«

»Schon möglich, aber darum geht es bei mir nicht.« Aus den dunklen Plantagen trug der Wind den Duft von Orangenblüten herüber; verborgene Welten versprachen unbekannte Freuden. Er fühlte plötzlich, wie die Anspannung nachließ und ihm leichter ums Herz wurde. Er beugte sich vor und fragte eindringlich: »Warum lebst du, Warda?«

Sie zuckte mit den Schultern und trank ihr Glas aus. Aber als er die Frage wiederholte und es nicht zu übersehen war, dass es ihm ernst damit war, fragte sie zurück: »Ist das wichtig?«

»Sehr sogar, wir sollten uns diese Frage ab und zu stellen.«

»Ich lebe, und damit hats sich.«

»O nein, das genügt mir nicht als Antwort.«

Sie überlegte kurz. »Also, ich tanze gerne, ich möchte bewundert werden, und ich warte auf die große Liebe.«

»Leben heißt für dich also Liebe zu bekommen und zu geben.«

»So ist es.«

»Obwohl du die Erfahrung gemacht hast, dass Liebe in Hass umschlagen kann?«

»Das mag für andere wichtig sein«, wehrte sie etwas verärgert ab.

»Für dich nicht?«

»Nein.«

»Wie oft warst du verliebt?«

»Ich hab dir mal gesagt, dass ich ...«

»Ich will nicht wissen, was du mir mal gesagt hast«, unterbrach er sie. »Ich will, dass du mir offen und ehrlich antwortest.«

»Jetzt überfällt dich wieder diese brutale Art.«

»Willst du nicht reden?«

»Ich habe alles gesagt.«

Er stöhnte schwer. Plötzlich fragte er mit geradezu fieberhaftem Eifer: »Was hältst du von Gott?«

Sie sah ihn skeptisch an.

»Bitte, Warda, gib mir eine Antwort!«, flehte er sie an.

»Ich glaube an Gott.«

»Aus Überzeugung?«

»Sicher.«

»Woher nimmst du diese Überzeugung?«

»Gott existiert, und damit basta.«

»Betest du oft zu Gott?«

Warda lachte ein wenig gezwungen. »Wenn es mir schlecht geht oder ein Unglück droht.«

»Sonst nicht?«

Wütend fuhr sie ihn an: »Du liebst es, andere Menschen zu quälen, ist dir das noch nie aufgefallen?«

Er blieb bis drei Uhr morgens im Klub, dann fuhr er, dieses Mal ohne Begleitung, in Richtung der Pyramiden. Allein etwas zu unternehmen, dachte er, war eine einschneidende Veränderung. Er parkte den Wagen am Straßenrand und stieg aus. Es war stockdunkel, kein Licht drang von den weiter unten gelegenen Häusern herauf. Er konnte sich nicht erinnern, je zuvor eine solch undurchdringliche Finsternis erlebt zu haben. Der Boden, alles schien verschwunden zu sein, er stand verloren inmitten eines allumfassenden Schwarz. Noch bevor sich seine Augen an die Dunkelheit gewöhnt hatten, hob er den Kopf. Tausende von Sternen funkelten, hingen wie die Beeren einer Traube nebeneinander, formten Bilder, und hier und da leuchtete ein einsamer Stern. Die Luft war trocken, und es ging ein leichter, angenehm frischer Wind, der Erde und Himmel miteinander verband. So unermesslich die Zahl der Sandkörner war, die die Finsternis nicht preisgab, so zahlreich waren das Leid, die Hoffnungen, die unbeantworteten Fragen von Generationen, deren Spuren sich im

Sand verloren. Irgendetwas sagte ihm, dass jeder Schmerz einen Grund hat und dass es einen Ort geben muss, an dem der Zauber dieses flüchtigen Moments ewig währt. Halt ein, flehe das Schweigen an, sich zu offenbaren, denn bringst du die Stille zum Reden, wird sich alles, alles ändern. Beschwöre den Sand, seine verborgene Kraft wirken zu lassen, auf dass du die Ketten deiner quälenden Kraftlosigkeit abwerfen kannst. Aber ach, was nützt alles Schreien, wenn dir das Echo keine Antwort bringt.

Er lehnte sich ans Auto und starrte zum gewaltigen Himmelszelt hinauf, wandte den Blick nicht ab, und plötzlich geschah etwas, das ihn den Atem anhalten ließ. Das Dunkel lichtete sich, ein schwacher Schein kroch langsam empor, ein Streifen nur, doch von einem Leuchten, das geheimnisvoll und betörend wie der Duft einer Blüte war. Nur ganz allmählich wurde es kräftiger, und dann war es so weit – ein glänzender Strom ergoss sich in voller Pracht. Da tanzte sein Herz vor trunkenem Glück, und die Freude schwemmte alles hinweg, was das Herz an Angst und Trauer bedrückte. Mit aller Kraft reckte er den Kopf, und er war so hingerissen von diesem Anblick, dass ihm die Augen fast aus den Höhlen traten. Eine schier unermessliche Glückseligkeit hielt ihn gefangen, und ihm war so heiter zu Mute, dass er am liebsten mit allen Kreaturen der Welt zu tanzen begonnen hätte. Sein ganzer Körper sang und klang, all seine Sinne waren wonnetrunken. Wo gerade noch Zweifel, Ängste, Verdrossenheit geherrscht hatten, trat an ihre Stelle eine merkwürdige, ernste Besonnenheit, die ihn mit Frieden und Zuversicht erfüllte. Zum ersten Mal verspürte er wieder Glauben an sich selbst, das Gefühl, alles, was er sich vornahm, erreichen zu können. Aber da war nichts, wonach er streben wollte, die Welt war verloren gegangen wie rieselnder Sand. Es gibt keinen Wunsch, du begehrst nichts, weder Gesundheit noch Ruhe, Geborgenheit, Ruhm oder ein langes Leben. Hier und jetzt soll das Ende kommen, das ist dein einziges Begehren.

Er keuchte, taumelte, doch gierig blieb sein Blick zum Himmel gerichtet. Als hätte er einen Wettlauf hinter sich gebracht, versuchte er, tief durchzuatmen, um wieder zu Kräften zu kommen. Aus den Tiefen seines Innern drang ein Gefühl herauf, das ihn mahnen wollte, auf die Erde zurückzukehren. Vergeblich versuchte er es zu unterdrücken oder wegzuschieben oder zumindest aufzuhalten. Doch es hielt stand, unbeugsam wie das Schicksal, schlau wie ein Fuchs, höhnisch wie der Tod. Er stöhnte aus tiefster Brust, und eine Flut von Trauer brach über ihn herein. Er sah sich um – der helle Tag lachte ihn aus.

Er setzte sich ans Steuer und fuhr langsam los, ohne der Straße besondere Aufmerksamkeit zu schenken. Plötzlich sagte er, als wolle er einem Beifahrer etwas mitteilen: »Das wars, das war der Rausch.« Nach kurzem Schweigen fügte er hinzu: »Genau so muss es sein, ohne jedes Wenn und Aber, ohne langes Grübeln.« Seine Stimme schwoll an: »Der Atem des Unbekannten, das Geflüster des Mysteriums.« Er trat aufs Gaspedal. »Ist es das nicht wert, alles andere aufzugeben?«

14

Das Telefon klingelte, er wachte auf. Als er den Hörer abnahm, hörte er Mustafa fragen: »He, wo warst du die ganze Nacht?« Da er nicht gleich antwortete, fuhr Mustafa fort: »Zainab ist im Krankenhaus, das Kind kommt.«

Es dauerte etwas, bis er verstanden hatte, wovon Mustafa redete. Im gleichen Moment fiel ihm auch ein, dass er ja Ehemann und Vater war und er jetzt ein weiteres Mal Vater wurde.

In der Eingangshalle des Krankenhauses sah er alle stehen – Busaina, Mustafa und dessen Frau Alijat, eine kleine, dicke Person mit rundem Gesicht, die an die vierzig Jahre alt war. Sie machte einen energischen Eindruck. Als Busaina an der Reihe war, ihn zu begrüßen, senkte sie, als sie ihm die Hand reichte, den Kopf; offenbar wollte sie sich nicht anmerken lassen, wie niedergeschlagen sie war.

»Zainab ist im Kreißsaal, es verläuft alles normal«, erklärte Mustafa.

Er wollte losgehen, aber Alijat hielt ihn zurück. »Ich bin nur kurz herausgekommen und will gleich wieder zu ihr gehen.«

»Soll ich nicht mitkommen?«

»Vielleicht sollte man jetzt jede Aufregung vermeiden«, meinte Mustafa.

Nicht lange, und Alijat kam mit strahlendem Gesicht auf sie zugeeilt und rief: »Glückwunsch, Omar, der Kronprinz ist da! Zainab wird gerade in ihr Zimmer gebracht.«

Er sah Busaina warmherzig an und setzte sich neben sie. Als er ohne ein Wort zu sagen seine Hand auf ihre Hand legte, ließ sie sie aus Verlegenheit ein Weilchen liegen, bevor sie sie wegzog.

Mustafa war Omars Versuch, Busaina zurückzugewinnen, nicht entgangen. »Zum Glück gehören Krankenhäuser zu den Orten, wo man Streitigkeiten besser vergisst«, meinte er.

Omar, der über Busainas abwehrende Geste enttäuscht war, wollte darauf nicht eingehen. »Wann ist Zainab hergekommen?«

»Gegen Mitternacht.«

Hm, Mitternacht, da warst du vom Gespräch mit Warda ganz schön erschöpft und hast eine Menge Champagner getrunken. »Warst du heute in der Schule, Busaina?«

»Aber nein, sie hat doch ihre Mutter begleitet«, erwiderte Alijat.

»Danke, Alijat, dass du dich gleich gekümmert hast, vielen Dank.«

»Keine Ursache«, erklärte sie und machte sich auf den Weg zu Zainabs Zimmer.

»Früh am Morgen war Zainab sehr erschöpft«, bemerkte Mustafa.

Ach, der frühe Morgen in der Wüste – der visionäre, ewige Rausch.

Mustafa verabschiedete sich, er müsse jetzt erst einmal schlafen, sagte er.

Als er mit Busaina allein in der Halle saß, empfand er die Situation als sehr beklemmend. »Hast du gar nicht geschlafen?«, fragte er verlegen.

Sie schüttelte den Kopf und starrte auf den grauen Teppichboden.

»Willst du nicht mit mir reden?«

Aus der Scham heraus, es könnte zum offenen Bruch kommen, erwiderte sie: »Was soll ich schon sagen?«

»Irgendetwas. Was auch immer geschehen sein mag, ich bin und bleibe dein Vater und dein Freund. Unsere Beziehung kann nicht zerstört werden.«

Erregt, wie sie war, zog sie es vor zu schweigen.

»Stimmst du mir zu?«

Sie nickte, und die gespitzten Lippen sollten wohl Zustimmung andeuten.

»Du bist gekränkt, das verstehe ich. Aber die Geschichte, die da passiert ist, betrifft dich doch nur indirekt. Deshalb kann ich nicht akzeptieren, dass du mir aus dem Weg gehst. Ich habe dich mehrere Male gebeten, mich zu besuchen, wieso kommst du nicht?«

»Ich konnte nicht.«

»Hat dich jemand davon abgehalten?«

»Nein, ich war nur zu traurig.«

»Deine Traurigkeit ist größer als unsere Liebe?«

»Du hast uns kein einziges Mal besucht«, stieß sie verbittert hervor.

»Das war leider nicht möglich. Deshalb habe ich dich ja eingeladen, und ich meine schon, dass du hättest kommen müssen. Dass du dich mir verweigerst, macht für mich und meine Gesundheit alles noch schlimmer.«

Sie runzelte die Stirn und kämpfte krampfhaft gegen die Tränen an. »Ich war zu traurig.«

»Tut mir Leid, aber ich mag es nicht, wenn du dich derart passiv verhältst. Ich hätte dich sehr nötig gehabt, als ich auszog.« Bemüht, die Situation zu entspannen, lächelte er und sagte: »Genug davon, hören wir mit den Vorwürfen auf. Jetzt ist nicht die Zeit dafür.« Er streichelte ihr über die Schulter. »Was macht die Dichtkunst?«

Zum ersten Mal schlich sich ein zaghaftes Lächeln auf ihre Lippen, und das berührte ihn sehr. Seine Stimme klang fast inbrünstig, als er sagte: »Vielleicht waren wir uns noch nie so nah wie heute.«

»Wie meinst du das?«

»Mir kommt es vor, als würden wir beide nach der gleichen Quelle suchen.«

Ihre grünen Augen sahen ihn fragend an.

»Ich habe mich wieder mit Gedichten beschäftigt, sogar versucht, selbst welche zu schreiben.«

»Wirklich?«

»Leider taugte nichts davon.«

»Warum?«

»Weiß ich auch nicht. Vielleicht ist der Staub zu dick,

um mit einem Schlag abgeschüttelt zu werden. Oder meine Krise lässt es nicht zu, meine Gedanken zu Papier zu bringen.«

»Welche Krise?«

»Meine Krankheit eben.«

Sie schaute auf den Boden und lächelte.

»Du glaubst nicht, dass ich krank bin, oder?«

»Ich glaube immer, was du sagst.«

Er verspürte einen Stich in der Brust. »Du musst mir glauben, auch wenn ich dich, ein einziges Mal, angelogen habe. Das war eine Notlüge, und es wird nicht wieder vorkommen. Ich bin leider wirklich sehr krank.«

»Weißt du noch immer nicht, was das für eine Krankheit ist?«

Er dachte kurz nach. »Es ist ein Leiden, dessen Heilung viel Geduld erfordert.«

»Und uns brauchst du dafür nicht?«

Betont ruhig erklärte er: »Ich lebe allein.«

Busaina sah ihn überrascht an.

»So ist es, glaub mir, ich bin allein.«

Mit einer Eindringlichkeit, die ihn rührte, fragte sie: »Und warum kommst du dann nicht zurück, Papa?«

Er küsste sie auf die Wange. »Vielleicht ist es besser, wenn alles bleibt, wie es ist.«

»O nein!« Sie nahm seine Hand. »Überhaupt nicht.«

Alijat kam. Er könne Zainab jetzt sehen, sagte sie. Als Omar das Zimmer betrat, lag Zainab bis zum Hals zugedeckt unter einem weißen Tuch. Sie sah sehr blass aus, und vor lauter Schwäche hielt sie die Augen halb geschlossen. Er empfand Mitleid, Achtung und Traurigkeit. Sie war im Stande, dachte er, etwas Neues zu erschaffen, er hingegen brachte nichts fertig. »Gott sei Dank hast du alles gut überstanden«, murmelte er ein wenig verlegen.

Sie versuchte zu lächeln.

»Herzlichen Glückwunsch zum Kronprinzen.« Er zog sich einen Stuhl ans Bett und setzte sich hin, auch wenn er sich ziemlich unwohl in seiner Haut fühlte. Erst als Alijat und Busaina ins Zimmer kamen, fühlte er sich weniger peinlich berührt. Alijat schwatzte munter drauflos, und mit ihren lustigen Geschichten schaffte sie es, dass die Zeit auf angenehme Weise verstrich. Schließlich war es so weit – das Babybett wurde ins Zimmer geschoben. Alijat hob die Decke an, und da sah er seinen Sohn: Das kleine, verschrumpelte Gesicht sah wie ein rot gemaserter Fleischkloß aus. Es fiel ihm schwer, sich vorzustellen, dass es jemals eine wenigstens halbwegs annehmbare Form bekommen könnte. Andererseits hatte er ja Erfahrungen auf diesem Gebiet, und eins dieser Exemplare, die ihm dazu verholfen hatten, starrte gerade hingerissen und staunend den Winzling an. Er hätte nicht sagen können, was er für das Baby empfand, aber ihm war klar, dass er ihm seine Liebe schenken würde, wie es sich gehörte. Im Augenblick reichte es, einen eher unbeteiligten Blick darauf zu werfen. Da bist du nun, du neuer Erdenbürger, und wärst du nicht genauso unfähig wie dein Vater, dich mitzuteilen, hätt ich dich gern gefragt, was du empfindest und welche Erinnerungen du aus jener Welt, aus der du gerade gekommen bist, mitbringst.

»Habt ihr schon einen Namen für ihn?«, fragte Alijat.

»Samir«, antwortete Busaina prompt.

Samir also, bleibt zu hoffen, dass ihn der Name vor allem Kummer schützt.

»Möge er im Schutz von Vater und Mutter aufwachsen«, sagte Alijat bedeutungsvoll.

Auch wenn dieses Kind zu den vielen Geheimnissen der Schöpfung gehörte, Hoffnung auf Veränderung brachte es ihm nicht. Nie würde er das Gefühl von Fremdheit verlieren. Die Kluft zwischen ihm und Zainab würde auch dieses Kind nicht überbrücken. Warum tat er es sich an, hier herumzusitzen und sich den fragenden Blicken auszuliefern?

Als die Zeit des Mittagessens näher rückte, erklärte er, er müsse nun leider gehen. Busaina kam ihm hinterhergelaufen und hielt ihn vor der Tür fest. Geradeheraus, wie es immer ihre Natur gewesen war, sagte sie: »Bitte, Papa, bleib nicht allein.«

Es war ihm bewusst, dass ihn in der leeren Wohnung nichts mehr hielt, träumte er doch von einer ganz anders gearteten Einsamkeit. »Also, was möchtest du?«, fragte er, sich in sein Schicksal ergebend.

»Dass du zurückkommst.«

Er küsste sie auf die Wange. »Aber nur unter der Bedingung, dass ihr nicht an mir herumnörgelt.«

Vor lauter Glück strahlte ihr Gesicht. Übermütig hakte sie sich bei ihm ein und brachte ihn zum Ausgang.

15

Er kehrte heim, auch wenn sich für ihn nichts geändert hatte. Weder liebte er Zainab noch hasste er sie. Das hieß, dass Zainab für ihn nicht mehr existierte, dass er ihre Welt hinter sich gelassen hatte. Das hieß aber auch, dass das schleichende Gefühl von Fremdheit die Oberhand gewann. »Wir müssen unser Unglück mutig ertragen«, erklärte er.

Zainab zeigte, dass sie die Kraft dafür hatte; sie zog sogar aus seinem Zimmer aus, in dem das Ehebett stand.

Er war beeindruckt. »Dein Verhalten ist geradezu mustergültig«, lobte er sie.

Die nächtlichen Abenteuer hatten ein jähes Ende gefunden, dafür bereiteten ihm Busaina, Gamila und Samir viel Vergnügen. Der Nil floss träge wie immer dahin, und voller Inbrunst fragte er sich, wann er die Gnade des Morgengrauens in der Wüste noch einmal erfahren würde. Er verbrachte die Nacht mit Lesen und Nachdenken, und sobald die Dämmerung anbrach, trat er auf die Terrasse hinaus, betrachtete den Himmel und sehnte sich nach dem Frieden, den ihm diese Gnade geschenkt hatte. O ja, die Verse der Perser, Inder und Araber bargen viele Geheimnisse, doch das Glück – wo war es, wo? Warum fühlst du dich in diesen gastlichen Wänden so deprimiert? Was bedeutet diese Unruhe, die dir einflüstern will, du seist nur ein flüchtiger Gast, dem der Aufbruch bevorsteht? Wohin solltest du denn ziehen?

»Dem Himmel seis gedankt, dass alles wieder normal ist«, sagte Mustafa.

»Es ist überhaupt nichts normal«, stieß Omar verächtlich hervor.

Mustafa hielt den Mund; mitfühlend wie er war, wollte er einer Diskussion aus dem Weg gehen.

Omar empfand sein Schweigen als Provokation. »Tatsächlich bin ich weder nach Hause zurückgekehrt, noch kann ich wieder richtig arbeiten.«

»Aber, lieber Freund …«

»Niemand weiß, was ihm die nächste Stunde schlagen wird.

Als er eines Nachmittags im Büro saß, ging die Tür auf und ein mittelgroßer, stämmiger Mann trat herein. Das blasse Gesicht wurde von einer kräftigen Nase und einer ebenso kräftigen Kinnlade beherrscht, der Schädel war kahl geschoren. Die bräunlichen Augen hatten einen stechenden Blick. Im ersten Augenblick starrte Omar den Besucher ungläubig an, doch im nächsten Moment sprang er auf und rief: »Osman Chalil!«

Die beiden Männer umarmten sich lange. Als sie schließlich in den zwei Sesseln vor dem Schreibtisch Platz nahmen, schlug Omars Herz vor Aufregung bis zum Hals. Er hörte nicht auf, den Freund zu begrüßen, ihm zu gratulieren und Segen zu wünschen. Osman Chalil hingegen lächelte die ganze Zeit über, als wüsste er nicht, was er sagen sollte. Nach Omars Freudenausbruch setzte Stille ein, sie schauten sich schweigend an. Erinnerungen stürmten auf Omar ein, aber gleichzeitig rumorte im tiefsten Innern auch ein argwöhnisches Gefühl, das ihn mahnte, vorsichtig zu sein. Es versetzte ihn in Unruhe. So lange hatte er auf ein Wiedersehen gehofft, so oft hatte er sich den Moment, da sie sich gegenüberstehen würden, ausgemalt, und trotzdem traf ihn diese Begegnung nun wie ein Schlag, mit dem er nicht gerechnet hatte. In den letzten Monaten hatte er vieles vergessen, und um das Verstreichen der Zeit hatte er sich wenig gekümmert. Für ihn war klar gewesen, dass Osman seine Strafe noch lange nicht abgesessen hatte, und auf den Gedanken, dass drei Viertel der Zeit vergangen waren, kam er erst jetzt. Schlechter hätte der Zeitpunkt nicht sein können, denn so, wie er sich augenblicklich fühlte, vertrug er keinerlei zusätzliche Belastung. Der eine kam aus dem Gefängnis und wollte sich die Welt erobern, und der andere war im Begriff, aus der Welt zu scheiden und sich in unbekannte Gefilde aufzumachen. »Was für eine lange Zeit!«

Osman lächelte noch immer.

»Wir haben ständig an dich gedacht, und nun bist du endlich da, entschlossen, das Leben in Angriff zu nehmen.«

Mit tiefer, voller Stimme erwiderte Osman: »Du hast dich kaum verändert, außer dass du ein wenig krank aussiehst.«

Omar freute sich über diese Beobachtung. »Nun ja, ich

habe tatsächlich in einer schlimmen Krise gesteckt, aber, bitte, reden wir nicht über mich, sondern erzähl mir von dir.«

Der Bürodiener trat ein, und Osman wartete, bis er Kaffee und Coca-Cola abgestellt hatte. »Jahr um Jahr ist vergangen. Jeder Tag kommt einem lang wie ein ganzes Jahr vor, und jedes Jahr ist leer wie ein Tag. Aber erwarte jetzt nicht, dass ich über das Leben im Gefängnis spreche.«

»Ich verstehe, entschuldige. Wann bist du entlassen worden?«

»Vor zwei Wochen.«

»Und da kommst du erst jetzt?«

»Ich hatte eine schwere Grippe, und deshalb bin ich gleich in mein Dorf gefahren. Ich kam erst nach Kairo, als ich wieder gesund war.«

Es hat keinen Zweck, dich hinter Geplänkel zu verstecken. Das Gefühl, dass du dich schuldig gemacht hast, setzt dir mehr und mehr zu. »Es hat uns schmerzlich berührt, dass wir dich nicht besuchen konnten.«

»Es durfte nur die Familie kommen, jeden anderen Besucher hätten sie auf der Stelle verhaftet«, meinte Osman mit unbewegtem Gesicht.

»Wir hätten so gern gewusst, wie es dir geht.«

»Zuerst hat man uns wirklich sehr schlecht behandelt, nach der Revolution hat sich das natürlich geändert.« Er warf einen Blick auf Omars mitleidig verzogenes Gesicht und fuhr fort: »Für mich steht fest, dass ich, sollte ich einst in die Hölle kommen, sogar mit den Engeln des Grauens auskommen werde.«

Übermannt vom Gefühl der Schuld erklärte Omar: »Rein rechtlich gesehen hätte man uns auch einsperren müssen.«

»Nicht das Recht, sondern das Gesetz hat mich ins Gefängnis gebracht«, erklärte Osman sarkastisch.

»Wie auch immer, jedenfalls schulden wir dir unsere Freiheit, vielleicht sogar unser Leben.«

»Hättest du nicht genauso gehandelt, wenn man dich verhaftet hätte und mir die Flucht möglich gewesen wäre?«

Omar schwieg, aus Scham und aus Verlegenheit.

»Jedenfalls hat mich die Welt wieder, einen Mann, der Mitte vierzig ist.«

»Wir haben zwar diese vielen Jahre nicht hinter Gittern verbracht, aber mir kommt es vor, als hätten wir im Grunde nichts Vernünftiges zu Stande gebracht«, meinte Omar bedrückt.

»O nein, sag das nicht«, protestierte Osman. »Nimm mir nicht den letzten Rest Trost.«

Im tiefsten Innern packte Omar wieder Furcht, er hatte das Gefühl, ein vergessener Leichnam zu sein. »Sicher, wir haben gearbeitet, geheiratet, Kinder gezeugt. Trotzdem werde ich den Gedanken nicht los, dass ich außer Staub nichts zu ernten habe. Entschuldige, es steht mir nicht zu, jetzt über mich zu reden.«

»Aber wieso? Wir gehören doch zusammen, einer braucht den anderen.«

Nun, da die Vergangenheit abgeschlossen ist, gilt es, die Rechnung zu machen, und das wird schwer. Damals verkündete Osman in Mustafas Keller stolz seine Parolen, du hast sie noch alle im Ohr: Wir sind hart wie Stahl, uns kann man nicht zerbrechen. Wir arbeiten für die ganze Menschheit, nicht nur für unser Vaterland. Wir errichten einen humanistischen Staat, und begründet auf die Revolution und die Wissenschaft werden wir die ideale Welt von morgen erschaffen.

Als das Los auf ihn gefallen war, strahlte er und rief: Was für ein Glück! Mustafa ist viel zu nervös, du bist frisch vermählt. Morgen wird eine Bombe eins dieser gierigen, Blut saugenden Schweine treffen.

»Der Plan war perfekt. Hätte dich nicht eine verirrte Kugel am Bein getroffen, wärst du nicht verhaftet worden.«

»So ist es. Und ihr? Was habt ihr gemacht?«

»Wir haben die ganze Nacht zusammengesessen und sind vor Trauer fast gestorben.«

Osman lachte kurz. »Hattet ihr nicht Angst, dass ich alles gestehe?«

»Mustafa hat zuerst an Flucht gedacht, dann wollten wir uns irgendwo verstecken. Es war eine schlimme Zeit. Als du mit geradezu übermenschlicher Kraft standgehalten hast, waren wir ein Nichts, und das sind wir noch jetzt.«

O ja, ein Mensch kann sich an die Hölle gewöhnen, er kann es auch auf sich nehmen, sich für andere zu opfern.

So ekelhaft der Anblick einer Ratte ist, sitzt sie in der Falle, tut sie einem doch Leid.

»Danke, dass du meinen Eltern bis zu ihrem Tod geholfen hast.«

Omar winkte ab.

»Ich will mich über das, was war, nicht beklagen. Ich habe mein Schicksal mit vollem Bewusstsein gewählt. Aber nun erzähl doch mal, was in der Welt so los ist.«

Um die Flucht nach vorn anzutreten, erklärte Omar lediglich: »Wir sollten uns nur noch für die Zukunft interessieren.«

»Für die Zukunft? Da werde ich wohl erst mal den Staub von meinem Diplom abwischen müssen.«

»Du kannst hier arbeiten, mein Büro steht dir zur Verfügung.«

»Großartig. Von offizieller Seite gibt es keine Auflage, die mir die Arbeit in meinem Beruf untersagt.«

»Gut, dann fängst du morgen an.«

»Danke, vielen, vielen Dank. Aber nun erzähl mir endlich, was es Neues gibt.«

Mein Gott, er lässt einfach nicht locker. Wie fremd er dir geworden ist! Es ist, als hättest du ihm nie nahe gestanden, als hättest du dir nie gewünscht, ihm wieder zu begegnen. Das Einzige, was euch verbindet, ist eine tote Vergangenheit, und die einzigen Gefühle, die er in dir hervorruft, sind Schuld, Angst, Selbstverachtung. Er hat noch nicht erfahren, dass in deiner Bibliothek Bücher über das Übersinnliche die sozialistischen Wälzer verdrängt haben. Taucht wie das Schicksal auf und stellt sich dir in den Weg, wo du doch gerade dabei ist, alles, aber auch alles aufzugeben.

Osman dauerte das Schweigen zu lange. »Wie gehts den anderen aus unserer Gruppe?«

»Ich weiß nicht, unsere Wege haben sich getrennt. Der Einzige, mit dem ich noch in Verbindung stehe, ist Mustafa al-Minjawi.«

»Was habt ihr unternommen?«

»Nun ja, die Zeit nach deiner Verhaftung war von Gewalt und Terror gezeichnet, und da haben wir es vorgezogen, uns still zu verhalten. Jeder hat sich um seine Arbeit gekümmert, und so sind die Jahre ins Land gegangen. Dann kam die Revolution, und die alte Welt ist zusammengebrochen.«

Osman stützte sein breites Kinn in der Hand auf, und Omar kam es vor, als hätten seine Augen einen kalten Glanz. Vielleicht trauerte er den verlorenen Jahren nach. Was für eine abscheuliche Situation; zigmal hatte er sie schon in Albträumen erlebt und deshalb nicht schlafen können.

»Ich habe mich immer wieder gefragt, warum? Ja – warum? Das Leben kam mir oft wie ein einziger widerlicher Betrug vor. Ich konnte nicht glauben, dass mir die einfachen Menschen aus dem Volk, für die ich ins Gefängnis gegangen bin, mit Fußtritten den Schädel zerbeulen. Warum also? Sollen wir es dabei bewenden lassen, dass das Leben nur aus Feigheit und Blindheit besteht? Die einfachsten Kreaturen, die Ameisen zum Beispiel, könnten uns ein Vorbild sein. Nun gut, ich will keine lange Rede halten, sondern dir nur sagen, dass ich meine Überzeugung wieder gefunden habe.«

»Ach, du liebe Güte.«

»Ich habe meine Überzeugung bei der Arbeit im Steinbruch, unter glühender Sonne, wieder entdeckt. Ich habe mir immer wieder gesagt, dass ich mein Leben nicht sinnlos vertan habe. Dass die Millionen unbekannter Opfer, die es seit der Menschwerdung gab, dazu beigetragen haben, dass sich der Mensch zu einem höheren Wesen entwickelt hat.«

Omar senkte den Kopf und nickte hin und wieder zustimmend.

Sichtlich erregt, fast zornig fuhr Osman fort: »Es ist idiotisch, sich von einer verseuchten Vergangenheit beherrschen zu lassen, wenn sich vor unseren Augen die Zukunft erhebt, und zwar mit einer Kraft, die millionenfach die schlimmste Feigheit besiegt.«

Noch tobt der Sturm, aber das könnte deine Rettung sein. »Wie auch immer, jedenfalls ist die alte Welt zusammengebrochen, und mit der Revolution hat sich einer deiner Träume verwirklicht.«

Osmans Gesicht sieht düster aus, der nächste Sturm kündigt sich an. Da sitzt du, musst eine Niederlage nach der anderen einstecken, obwohl dich das ganze Geschwafel einen Dreck interessiert. Hat er denn nicht längst begriffen, dass dir alles egal ist?

Osman seufzte. »Hättet ihr euch nicht so beeilt, euch zu verkriechen, hättet ihr das Feld behaupten können.«

»Wir waren nicht stark genug, und aufs Volk konnten wir uns auch nicht stützen. Hätten wir, wie durch ein Wunder, Erfolg gehabt, wären ganze Kontinente über uns hergefallen.«

»Unglücklicherweise denken Kranke nur über ihre Krankheit nach.«

»Hältst du es für klüger, wenn sie sie verdrängen?«

»Das hat nichts mit Klugheit zu tun, sondern mit dem Wahnsinn, der um sich greift. Hast du nicht gemerkt, was die Welt alles dem Wahnsinn verdankt?«

Betont freundlich, ja wohlwollend erklärte Omar: »Zum Glück gab es die Revolution, die den Weg zum wahren Sozialismus bahnt.«

Was sieht der dich so prüfend an? Wahrscheinlich liest er in deinem Gesicht höchst unerfreuliche Dinge. »Na ja, die Revolution hat zwar das Vermögen von solchen Geldsäcken wie mir nicht angetastet, aber dafür zahlen wir um der Gerechtigkeit willen ordentliche Steuern.« Aufgebracht fügte er hinzu: »Glaub mir, ich diene nichts und niemandem. Soll doch alles zum Teufel gehen!«

Osman lächelte. »Bitte, sag mir offen und ehrlich, ob du noch an unsere alten Prinzipien glaubst.«

So nah am Abgrund, da heißt es, sich die Antwort gut zu überlegen. »Vor der Revolution war ich mit ehrlichem Herzen dabei. Dann wurde ich etwas gelassener, und schließlich habe ich alles Interesse an Politik verloren. Ich habe mich anderen Dingen zugewendet.«

»Was für andere Dinge?«

Angesichts der düsteren Miene von Osman hielt Omar es für geboten, vorsichtig zu sein. »Mustafa beschreibt meine Neigung als … hm, brennende Sehnsucht nach der künstlerischen Vergangenheit.«

Osman runzelte die Stirn und fragte verärgert: »Aber Kunst und politische Überzeugung bilden doch keinen Gegensatz?«

Er fühlte sich in die Ecke gedrängt. »So einfach liegen die Dinge nicht.«

»Ich verstehe nur eins, nämlich dass du nicht mehr du selbst bist.«

Das haben Zainab und Warda auch schon gesagt. »Ich gebe gern zu, dass ich es nicht mehr verdiene, sich meinetwegen den Kopf zu zerbrechen. Im Augenblick ist es allein wichtig«, seine Stimme klang nun etwas heiterer, »dass du dein neues Leben beginnst und für alles, was dir entgangen ist, entschädigt wirst.«

»Ich fürchte, dass ich nichts finde, was mich entschädigen könnte.«

»Wie gesagt, mein Büro steht dir zur Verfügung, und alles, was du für den Anfang brauchst …«

»Ich kann dir nicht genug danken.«

»Ach was, das ist weniger, als du verdienst. Ich bleibe immer in deiner Schuld, schließlich verdanke ich dir das Leben.« Allmählich war ihm wohler zu Mute. »Du würdest doch bestimmt gern Zainab und die Kinder und Mustafa sehen, also lass uns heute Abend zusammen essen.«

16

Es sollte ein Abend werden, an dem jeder nicht nur nach Herzenslust aß und trank, sondern auch seine Erinnerungen an frühere Zeiten auffrischte. Als Zainab Osman begrüßte, standen ihr die Tränen in den Augen, und vor lauter Freude schien sie seine Hand nicht mehr loslassen zu wollen. Mustafa schloss den alten Freund in die Arme und drückte ihn herzlich. Kaum hatte dieser Busaina gesehen, erklärte er, wie sehr ihn die Ähnlichkeit mit ihrer Mutter in jungen Jahren überrasche. Busaina setzte sich neben ihn. Beim Anblick der schier unzähligen Vorspeisen entfuhr ihm die Bemerkung, dass es ihm völlig unmöglich sei, auch nur häppchenweise von allem zu kosten, und für Busaina fügte er hinzu: »Man hat dir gesagt, dass ich ein alter Freund sei, was auch stimmt. Aber die ganze Wahrheit ist, dass ich gerade aus dem Gefängnis entlassen wurde.«

Busaina lächelte, sie hielt das für einen Witz.

»Du kannst mir glauben, ich bin ein alter Freund und ein langjähriger Strafgefangener.«

»Dann musst du ihr aber auch sagen«, warf Zainab ein, »dass du ein heldenhafter politischer Gefangener warst und kein x-beliebiger Häftling.«

Verwirrt, aber auch neugierig sah Busaina ihn an.

»Held oder Verbrecher, das hängt immer vom jeweiligen Betrachter ab.«

Omar mischte sich ein. »Unser alter Freund arbeitet jetzt in meinem Büro. Ich werde dir seine Geschichte später erzählen, Busaina. Aber ich nehme an, dass du von politischen Gefangenen schon gehört hast.«

»Hat der König Sie eingesperrt?«, wollte sie wissen.

Er wartete einen Moment ab, weil der Diener gerade Truthahn und Gemüse servierte, dann sagte er: »Es war wohl eher die ganze Gesellschaft.«

»Aber was hatten Sie denn verbrochen?«

Da er schwieg, erklärte Mustafa lachend: »Er war schon Sozialist, als das noch nicht Mode war.« Er zwinkerte ihr zu. »Außerdem hat er gern mit Bomben herumgespielt.«

Sie starrte ihn mit großen Augen an.

Wieder griff Zainab ein. Um das Gespräch auf ein anderes Thema zu bringen, sagte sie: »Busaina schreibt übrigens Gedichte.«

Osman lächelte und schaute Omar an. »Die Poesie scheint in dieser Familie eine erbliche Veranlagung zu sein.«

»Bloß dass Busaina lyrische Hymnen an ein göttliches Wesen schreibt«, warf Mustafa ein.

Schon wollte Osman eine bissige Bemerkung fallen lassen, da konnte er noch rechtzeitig an sich halten. »Es würde mich glücklich machen, einige dieser Hymnen zu hören.«

Omar kostete es viel Mühe, sich seine depressive Stimmung nicht anmerken zu lassen. Als er zu dem gefüllten

Täubchen griff, war sein erster Gedanke, dass diese Taube nicht auf seinem Teller läge, wäre sie schneller geflogen. Das höfliche Geplauder zwischen Osman und Busaina schweigend zu verfolgen, entspannte ihn ein wenig.

»Wie haben Sie denn das Leben im Gefängnis ausgehalten?«

»Ich habs ertragen, weil mir nichts anderes übrig blieb. Ich war für meine gute Führung bekannt. Offensichtlich leistet man sich schlechtes Benehmen nur draußen, in der Gesellschaft.« Er lachte kurz. »So ein Gefängnis hat auch seine Vorzüge, es bietet einem das, was wir gern erreichen würden … eine klassenlose Gesellschaft.«

»Ich verstehe überhaupt nichts mehr.«

»Du wirst mich verstehen, wenn ich begreife, was du dichtest.«

»Haben Sie Papas Gedichte gelesen?«

»Natürlich.«

»Und? Haben sie Ihnen gefallen?«

»Um Himmels willen«, protestierte Omar. »Wie könnt ihr essen, wenn ihr andauernd redet?«

Aber Osman war nicht zu bremsen, ihm gefiel es, sich mit Busaina zu unterhalten. »Willst du Literaturwissenschaft studieren?«

»Nein, Naturwissenschaft.«

»Bravo, aber wieso eigentlich? Du magst doch Lyrik und schreibst Gedichte?«

»Sie ist hervorragend in den naturwissenschaftlichen Fächern«, warf Zainab stolz ein.

»Und Papa will auch, dass ich etwas in dieser Richtung studiere.«

Osman schaute verdutzt Omar an, dann sagte er: »Hast ja Recht, eines Tages wirst du froh über deinen Entschluss sein, wenn du nämlich merkst, dass die Naturwissenschaften die große Hoffnung der Menschheit sind.«

»Aber Gedichte werde ich trotzdem weiter schreiben.«

»Warum nicht? Dagegen ist nichts einzuwenden.«

»Wie viele Jahre waren Sie im Gefängnis?«

»An die zwanzig.«

Sie schaute ihn erschrocken an.

Osman lachte. »Ich habe im Gefängnis einen Mann kennen gelernt, der nicht entlassen werden wollte. Wann immer der Termin näher rückte, hat er irgendein kleines Ding gedreht, um noch ein paar Monate einsitzen zu müssen.«

»Ist doch schwachsinnig, sich so zu benehmen.«

»Die meisten Menschen benehmen sich schwachsinnig«, erwiderte er ernst.

»Willst du ihn nicht endlich mal essen lassen?«, schimpfte Omar.

Als man in den Salon ging, wo der Kaffee gereicht wurde, unterhielten sich Busaina und Osman weiter. Gegen zehn Uhr setzten sich die Männer auf die Terrasse, und die Frauen wechselten ins Wohnzimmer hinüber. Osman wollte von Mustafa wissen, was er mit seinem Leben gemacht hatte. Mustafa erzählte seine Geschichte mit einer Offenheit, dass seine Selbstverachtung deutlich herauszuhören war. Als er geendet hatte, sagte er zu Osman gewandt: »So, nun weißt du alles, und was geht jetzt in deinem großen Kopf vor?«

Osman fühlte sich müde und abgespannt. »Das Wichtigste ist, die Arbeit als Anwalt aufzunehmen.«

»Ich wollte aber wissen, was du so denkst.«

»Nun ja, ich muss mich erst über die Lage informieren.«

»Sicher, aber du solltest wissen, dass unsere frühere Position heute nicht mehr relevant ist.« Sein Ton wurde schärfer. »Um es ganz deutlich zu sagen, wir haben einen sozialistischen Staat, und damit hat es sich.«

Omar ließ die zwei reden. Es war Neumond, und auf dem Nil spiegelte sich das Licht der Straßenlaternen.

»Wenn du dich verändert hast«, erklärte Osman verbittert, »heißt das noch lange nicht, dass sich auch die Wahrheit verändert hat.«

»Wir haben uns nicht verändert, wir haben uns weiterentwickelt.«

»Zurückentwickelt, solltest du sagen.«

»Aber das Land hat zweifelsohne einen großen Fortschritt erreicht.«

»Möglich, aber ihr habt Rückschritte gemacht.«

Omar saß da und starrte zum Mond hinauf.

Mustafa lächelte amüsiert. «Dir reicht wohl nicht, was du bis jetzt von deinem Leben geopfert hast?«

»Der Wahrheit reicht kein Opfer«, erklärte Osman wütend.

»Aber liebster Freund, du bist doch nicht allein für die Wahrheit verantwortlich!«

»Entweder verkörpert man die ganze Menschheit, oder man ist ein Nichts.«

Jetzt lachte Mustafa laut los. »Ich komme ja nicht mal mit mir selbst zurecht, wie soll ich da die Menschheit verkörpern?«

»Was für eine entsetzliche Enttäuschung! Ich kann nicht glauben, dass ihr so tief gefallen seid.«

Mustafa konnte und wollte darüber nicht mit der gleichen Ernsthaftigkeit diskutieren, also zeigte er auf Omar und sagte: »Kümmere dich lieber um ihn, er steckt in einer tiefen Krise. Er hasst alles, Arbeit, Familie, Erfolg.«

Osman schaute Omar fragend an, aber der achtete nicht darauf, sondern starrte weiter auf den Nil.

»Es ist, als suche er nach seiner Seele.«

Unwillig runzelte Osman die Stirn. »Er selbst hat sie doch weggeworfen, oder etwa nicht?« Er seufzte. »So weit ist es also gekommen, dass wir uns in philosophischen Betrachtungen verlieren.«

Noch immer bemüht, heiter und gelassen zu wirken, meinte Mustafa: »Ich habe lange geglaubt, dass es ihm nur darum geht, seine frühere Kreativität wiederzubeleben, und tatsächlich hat er sich bemüht, tut es noch immer. Aber das ist es nicht allein, denn bisweilen schwärmt er von irgendeinem Rausch, irgendeiner Ekstase.«

»Kannst du mir das bitte etwas genauer erklären?«

Omar drehte sich zu den beiden um. »Lasst es gut sein, betrachtet es einfach als Krankheit.«

Osman schaute ihn durchdringend an. »Schon möglich, dass es sich wirklich um eine Krankheit handelt, denn wie mir scheint, hast du viel von deiner Tatkraft eingebüßt.«

»Vielleicht kommt es daher, dass er ständig nach dem Sinn des Lebens sucht«, meinte Mustafa.

»Wenn wir unserer Verantwortung gegenüber Millionen Menschen nachkommen, wird die Suche nach dem Sinn des eigenen Lebens gegenstandslos.«

»Ach, wirklich?«, fuhr Omar ihn verärgert an. »Meinst du, dass man sich in einem Arbeiter- und Bauernstaat keine Fragen mehr stellt?«

»Was soll die Frage? Noch gibt es diesen Staat nicht.« Osman schaute von einem zum anderen. »Jedenfalls gibt es genügend Forscher, die sich mit dem Geheimnis von Leben und Tod wissenschaftlich beschäftigen und dafür keine Krankheit brauchen.«

»Und wenn jemand wie ich kein Wissenschaftler ist, darf er sich solche Fragen nicht stellen?«

»Zumindest solltest du nicht der werktätigen Masse dein Gejammer und Geheul zumuten.«

»Du attackierst unseren Freund mit verletzenden Worten, obwohl er wirklich leidet.«

»Oh, das tut mir Leid, und ich fürchte, dass mir in Zukunft ständig etwas Leid tun wird.«

»Wenn man kein Wissenschaftler ist«, überlegte Omar laut, »vielleicht gibt einem das Herz eine Antwort?«

»Das Herz ist eine Pumpe, die mithilfe von Arterien und Venen arbeitet, was soll da das Gefasel, dass das Herz einem die Wahrheit sagen kann? Aber allmählich beginne ich dich zu verstehen. Du suchst also nach einem Rausch, oder anders gesagt nach einer Offenbarung, die dir die absolute Wahrheit erschließt. Und weil du nicht weißt, wie das gehen soll, hältst du das Herz für den rettenden Felsen. Aber das ist ein Stein, nicht mehr und nicht weniger, er wird dich in die Steinzeit zurückrollen. Wenn du so weitermachst, vergeudest du dein Leben tatsächlich. Selbst ich, der die besten Jahre seines Lebens hinter Mauern verbringen musste, habe kein so sinnloses Leben gelebt wie du. Willst du ergründen, was man zu Recht als Wahrheit bezeichnet, dann musst du den Verstand und die Wissenschaft bemühen und hart arbeiten.«

Er hat nicht die Morgendämmerung in der Wüste erlebt. Er hat nicht den Rausch erlebt, der dir die wahre Erfüllung brachte, ohne dass du eines Beweises bedurft hättest. Ihm ist nicht die Welt unter den Füßen entglitten.

»Ich vertraue ja auch auf Wissenschaft und Verstand, aber bei Omar ist das anders. Ich habe ein Gedicht, das er, bevor er sich endgültig vom Dichten verabschiedete, geschrieben hat. Es ist die pure Rebellion gegen den Verstand.«

Sich mühsam beherrschend, meinte Osman: »Ich würde mich freuen, es zu hören.«

Ohne sich um Omars wütende Miene zu kümmern, holte Mustafa ein Blatt Papier aus der Tasche, entfaltete es und begann laut zu lesen:

»Ich, der ich nie mit der Luft spielte,
und nie auf dem Äquator niederfiel,
den nur der Zauber der Schlaflosigkeit trieb,
möchte ein Baum sein, der sich dem Wind nicht beugt,
ein stolzes Haus, das keiner sieht.«

Es setzte Schweigen ein. Schließlich sagte Osman: »Ich habe kein Wort verstanden.«

»Ich habe nie behauptet, dass das ein Gedicht ist«, protestierte Omar. »Ich fühlte mich krank, und da habe ich einfach so ins Blaue hineingeredet.«

»Wieso? Die moderne Lyrik lebt doch vom Fehlen jeglicher Logik«, bemerkte Mustafa.

»Das ist das Gewinsel eines sterbenden Systems«, lautete Osmans verächtlicher Kommentar.

»Im Allgemeinen mag das zutreffen, aber als Künstler, der ich ja einmal war, würde ich sagen, dass es künstlerische Krisen gibt, in denen man auf den Inhalt keinen Wert mehr legt, sondern nur noch nach neuen Formen sucht.«

»Warum sollte man auf den Inhalt keinen Wert legen?«

»Weil man jedes Thema, auf das man stößt, abgedroschen findet.«

»Aber jeder Künstler verleiht doch einem Thema seine ganz eigene Sicht, also ist es, zumindest was diesen Aspekt betrifft, immer wieder neu.«

Mustafa holte tief Luft. »Im Zeitalter radikaler Umbrüche, in denen die Wissenschaft das Sagen hat, ist das nicht mehr befriedigend. Die Wissenschaft beansprucht für sich den Thron, und der Künstler kommt sich vor, als gehörte er zum dummen Fußvolk. Natürlich sehnt er sich danach, der Verkünder großer Wahrheiten zu sein, bloß fehlen ihm dazu Wissen und Können. Dass er den Thron verloren hat, schmerzt ihn zutiefst, also wird er zum so genannten zornigen Dichter oder schreibt den Antiroman, oder verfasst absurde Stücke. Und da die Wissenschaftler für Formeln, die keiner versteht, bewundert werden, verfällt manch ein Künstler der Wahnvorstellung, von aller Welt bewundert zu werden, wenn er möglichst ausgefallenes, dunkles, völlig unverständliches Zeug fabriziert. Kannst du die Leute nicht mit langatmigen, ausgeklügelten Gedanken auf dich aufmerksam machen, rennst du eben nackt über den Opernplatz.«

Zum ersten Mal lachte Osman schallend los.

»Deshalb habe ich für mich den einfachsten und ehrlichsten Weg gewählt, nämlich den des ganz gewöhnlichen Spaßmachers.«

Was geht dich das alles an? Warum sitzt du hier herum und hörst dir Dinge an, die dich einen Dreck interessieren?

17

Stumm bricht der Morgen an. Kein Laut ist zu hören – nicht am Ufer des Nils, nicht auf der Terrasse, nicht in der Wüste. Einzig eine bröckelnde Erinnerung ist dein Zeuge, dass du einmal Zwiesprache mit dem Morgengrauen hieltest. Es hilft dir nicht, gen Himmel zu starren, du brauchst dein Herz nicht glühen zu lassen, sinnlos zu hoffen, dass der Ruf deiner brennenden Sehnsucht die Himmel öffnet. Die bissig bitteren Verse, Margarets goldenes Haar, Wardas graue Augen, Zainab, die aus der Kirche tritt – verblasste Trugbilder, die einen hohlen Schädel peinigen. Du hast Mustafas kreischendes Lachen gehört, das vom Tod jeglicher Hoffnung kündet, du hast Osmans aufgeregtes Geschrei vernommen, das mit prophetischem Pathos das Nichts offenbart, und du? Du hast mit den Wänden, Stühlen, Sternen, der Finsternis geredet, mit der öden Leere gestritten, dich in etwas verliebt, das es nicht gibt, bis dich schließlich die schwarze Hoffnung entspannt hat, dass die allumfassende Vernichtung naht. Nichts hat noch eine Bedeutung, einen Wert, schamlos entehrt sind die Gesetze, die das Leben der menschlichen Gemeinschaft geregelt haben, nicht einmal das Aufgehen der Sonne gilt noch als sicher. Wie sollst du nach all dem noch eine Akte prüfen oder das Haushaltsgeld diskutieren? Deinem verschlossenen Zimmer hast du gesagt, dass es ein entsetzlicher Fehler war, Waffenstillstand zu schließen und hier wieder einzuziehen. Und als die Katze um deine Beine strich und miaute, hast du ihr versprochen, dass du diesen Ort, der bis zum Bersten mit unangenehmen und lähmenden Gefühlen erfüllt ist, verlassen wirst.

Nichts anderes ist an Verlockung noch geblieben, als auf der Spitze der Pyramide zu tanzen oder dich von einer Brücke in die Tiefen des Nils fallen zu lassen oder nackt ins Hilton-Hotel zu stürzen. Es war nicht Nero, der Rom in Flammen aufgehen ließ, sondern Sehnsucht und Verzweiflung haben die Stadt brennen lassen. Sie sind es, die die Erde zum Beben und die Vulkane zum Feuerspeien bringen.

»Hast du vielleicht schon vergessen, wie meine Stimme klingt?«, fragte Warda am Telefon.

»Hallo, Warda«, erwiderte er lustlos.

»Kannst du mich nicht mal besuchen, wenigstens einmal im Jahr?«

»Kann ich nicht, aber wenn du irgendwas brauchst, helfe ich dir.«

»Davon rede ich nicht, ich meine das Herz.«

»Das Herz? Das Herz ist eine Pumpe«, fuhr er sie unwillig an.

Empfand er die Verzweiflung als zu quälend, schaffte er sich Erleichterung, indem er wie ein Verrückter mit dem Auto durch Kairos Vororte raste. Es häuften sich Ausflüge nach Fajum, Kanatir, Tanta und Alexandria, und wo immer er fuhr, sprangen die Leute entsetzt beiseite oder drohten ihm vor Wut. Manchmal fuhr er morgens los und kehrte erst am nächsten Morgen zurück, ohne geschlafen zu haben. Es kam vor, dass er unterwegs bei einem Krämerladen anhielt, um einen Schluck Wein zu trinken, oder er setzte sich in ein Café und machte ein kurzes Nickerchen. Stieß er zufällig auf einen Trauerzug, reihte er sich ein; es gefiel ihm, dass er den Toten nicht kannte und den Gästen fremd war. Überfiel ihn in den frühen Morgenstunden heftige Müdigkeit, schlief er im Auto oder am Nilufer.

Eines Tages suchte er sein Büro auf. Osman, der emsig bei der Arbeit war, schaute kurz auf und fragte: »Wo hast du denn die ganze Zeit gesteckt?«

Er sah ihn verächtlich an. »Überall und nirgends.«

»Du siehst schrecklich müde aus, was geht bloß in deinem Kopf vor?«

Der quälende Schmerz hatte auch etwas Gutes, fürchtete er sich doch nicht mehr davor, in eine peinliche Situation zu geraten und sich schämen zu müssen. Er hatte auch keine Angst mehr, nicht einmal vor Osman. »Ich würde gern ein Atom spalten oder, wenn das nicht funktioniert, einen Mord begehen oder, wenn alles fehlschlägt, mich selbst umbringen.«

Osman lachte. »Na, immerhin hast du noch dein Büro …«

»Du kennst mich lange genug, um mich zu verstehen.«

»Im Ernst, was hast du vor?«

»Es ist höchste Zeit, das zu tun, was ich mich mein Leben lang nicht getraut habe, nämlich überhaupt nichts zu tun.«

»Du machst Spaß, oder?«

»Ich war noch nie so ernst wie in diesem Augenblick.«

Omars düstere Miene machte Osman Angst. »Willst du nicht mal zu einem Arzt gehen?«

»Es macht keinen Sinn, einen Arzt aufzusuchen, der keine Ahnung hat, worum es geht.« Es setzte bedrücktes Schweigen ein. Schließlich fragte Omar: »Du hast dich also entschlossen, dich völlig auf die Juristerei zu konzentrieren?«

»Richtig, aber deshalb höre ich noch lange nicht auf, mir meine Gedanken zu machen.«

»Willst du etwa wieder die Sicherheit des Staats bedrohen?«

Osman lächelte. »Auf diese Ehre muss ich noch warten.«

Die Welt war so laut, dass er nicht mehr auf das Schweigen horchen konnte. Ja, er sollte besser gehen. In seinem derzeitigen Zustand würde er alles und jeden verraten. Er teilte Zainab mit, dass er ihr das Recht übertrage, über sein gesamtes Vermögen zu verfügen. Er werde sich auch aus der Kanzlei zurückziehen, erklärte er. Er sei entschlossen, alles aufzugeben, um sich auf diese Weise von der Last des Lebens zu befreien. Sie könne seinen Zustand als mehr oder weniger krankhaft bezeichnen, er sehe jedenfalls für sich selbst keine andere Lösung, als sich zurückzuziehen und die Nähe von Menschen zu meiden. Es habe weder etwas mit einer Frau zu tun, noch handle es sich um eine plötzliche Laune, das müsse sie ihm glauben. Die kräftezehrende Krise, in der er sich schon seit langem befinde und die nun ihren Höhepunkt erreicht habe, könne er nur auf dem von ihm gewählten Weg überwinden.

Zainabs Augen verloren angesichts dieses neuerlichen Schlags jeglichen Glanz. Händeringend flehte sie: »Du kannst hier doch tun und lassen, was du willst. Wenn du die Arbeit hasst, gehst du eben nicht mehr ins Büro. Hast du Lust, nur noch zu schreiben, dann tu es. Aber um der Kinder willen, bitte, verlass uns nicht.«

Ihre Worte setzten ihm zu, und doch erwiderte er, dass jeder Versuch, ihn von seinem Vorsatz abzubringen, sinnlos sei. Sein Entschluss stehe wie das Schicksal unverrückbar fest.

»Ich habe mich lange mit Mustafa unterhalten. Es schmerzt mich schon, dass du dich ihm anvertraut hast und nicht mir, aber ich habe das vor mir selbst mit deinem höchst merkwürdigen Zustand entschuldigt. Nimm es mir nicht übel, wenn ich nicht verstehe, nach was für einem Sinn des Lebens oder deiner Existenz du suchst. Aber ich kann keinen Zusammenhang sehen zwischen deiner Krankheit und deinem plötzlichen Bruch mit der Arbeit, deiner Zukunft, deiner Familie. Willst du nicht doch nochmal einen Arzt befragen?«

»Genau diese Frage ist der Grund dafür, dass ich nicht offen mit dir geredet habe.«

»Aber eine Krankheit ist doch keine Schande!«

»Du hältst mich für verrückt.«

Zainab schluchzte herzzerreißend los, aber es beeindruckte ihn nicht. Mit fester Stimme erklärte er: »Es ist die beste Lösung für uns alle.«

»Geh, wohin du willst«, stöhnte sie, »aber komm, bitte, wieder zu uns zurück, wenn du dich erholt hast.«

»Das könnte sein, aber wir sollten uns alle darauf einstellen, dass es keine Rückkehr gibt.« Da sie nur noch lauter weinte, fügte er hinzu: »Tu ich es nicht, werde ich verrückt oder bringe mich um.«

Sie hielt inne, schaute ihn an. »Busaina ist kein Kind mehr, hör dir wenigstens an, was sie zu sagen hat.«

»Hör auf, mich noch mehr zu quälen!«, schrie er.

Es fiel ihm nicht schwer, sich vorzustellen, was die Leute über seine Krankheit und seinen Geisteszustand reden würden. Aber das war völlig bedeutungslos geworden. Vielleicht stimmte es ja auch, dass er im Kopf nicht ganz richtig war. Er sprach mit Gegenständen, unterhielt sich mit Tieren, selbst solchen, die längst ausgestorben waren, und manchmal, wenn er mit dem Auto unterwegs war, brach unter ihm plötzlich der Boden ein und verwandelte sich in ein riesiges Netz von Atomen. Am ganzen Leib zitternd hielt er dann an. Es kam auch vor, dass er, wenn er lange auf den Nil oder auf einen Baum schaute, ein lebendes Wesen zu erkennen glaubte, und mochte es noch so schemenhaft sein, er hatte das Gefühl, dass dieses Wesen um ihn wusste, ihn argwöhnisch beobachtete. Als würde es seine Existenz mit der eigenen Existenz vergleichen, von Gleich zu Gleich, aber auch mit dem Stolz, den das unabänderliche Sein und die Unberührtheit von Zeit hervorbringen. Waren das Zeichen? Und wenn ja, was hatten sie zu bedeuten? Dass er Arbeit, Freunde, Familie aufgeben sollte? Er musste auf der Hut sein, sonst würde er sich gegen seinen Willen in der Nervenheilanstalt wiederfinden.

Mustafa und Osman kamen, sie wollten mit ihm reden. Er wusste, wer dahinter steckte. Die Atmosphäre war gespannt, da konnte auch Mustafas Lachen nicht viel ausrichten. Als sie eintraten, sagte er kein Wort der Begrüßung, sondern holte eine Flasche Whisky, setzte sich zu ihnen auf die Terrasse und trank auf ihr Wohl. Die beiden Freunde tauschten einen besorgten Blick aus. Zainab erschien; sie wolle die Gäste nur begrüßen, murmelte sie. Als sie im Begriff war zu gehen, blieb sie stehen und sagte: »Wir waren so eine glückliche Familie, er war der beste Mann, den man sich vorstellen kann. Und auf einmal ist alles zusammengebrochen.«

Diese deutlichen Worte machten es unmöglich, das Thema länger hinauszuschieben.

»Stimmt es, was wir gehört haben?«, fragte Mustafa.

Omar reagierte nicht, aber seine entschlossene Miene sprach Bände.

»Du gehst also weg.«

»Genau«, erwiderte Omar.

»Und wo willst du hin?«

»Nach irgendwo.«

»Aber wo ist das?«

Antworte nicht. Mustafa ist ein Dummkopf, er benutzt Wörter, die keinerlei Bedeutung haben. Mochte ein Ort noch so grenzenlos sein, er bliebe dennoch immer ein Gefängnis.

»Dann sind jetzt also wir dran. Willst du uns auch auf den Müll werfen?«

Er runzelte die Stirn. »Gestern hat Busaina geweint, aber eine andere Antwort als ihr hat sie auch nicht bekommen.«

»Heißt das, dass unsere Beziehung am Ende ist?«, fragte Mustafa traurig.

»Es ist mit allem zu Ende.«

»Ich werde mir die Augen aus dem Kopf weinen.«

»Was ich durchgemacht habe, ist schlimmer als Weinen.«

»Aber was hast du vor?«

»Mir an einem Felsen den Schädel einschlagen«, erwiderte er bitter.

»Ich verstehe überhaupt nichts mehr«, warf Osman ein, aber Mustafa ließ sich nicht ablenken. »Soll sein, was will, aber bitte bleib bei uns«, drängte er auf Omar ein.

»Nein, ich muss gehen.«

Osman sah ihn eindringlich an. »Du solltest einen Arzt konsultieren.«

»Ich brauche weder einen Arzt noch sonst jemand«, fuhr er ihn scharf an.

»Dein Körper ist doch völlig gesund, den kannst du doch nicht einfach wegschmeißen!«

»Ich bin nichts.«

»Aber der Mensch ist doch ein denkendes Wesen!«

»Ich nicht.«

»Was willst du also tun?«

»Es hat keinen Sinn, wir verstehen uns nicht«, sagte er verärgert.

»Aber ich bin mir sicher, dass du dich mutwillig in den Ruin stürzt.«

»Du bist es, der sich ruiniert.«

»Wenn du meinst, dass der Ruin unausweichlich ist, dann sollten wir gemeinsam ...«

»Ich schaue nicht mehr zurück.«

»Dafür läufst du einer Fata Morgana hinterher.«

Der Rausch der Dämmerung soll nichts sein? Liegt die Wahrheit im Nichts? Wann hört die Quälerei endlich auf?

»Stell dir bloß mal vor, wie die Welt aussähe, wenn alle klugen Leute deinem Beispiel folgen würden.«

»Meinetwegen können sie sich mit der Welt beschäftigen, so viel sie wollen.«

»Aber du gehörst doch dazu!«

Omar legte seine Hand an die Stirn, ballte sie zur Faust und schlug auf den Boden. »Da hast du meinen Verstand, kannst auf ihm herumtreten.«

»Wenn du so argumentierst, was nützt dann dieses Gespräch?«, meinte Osman betroffen.

»Es ist völlig sinnlos zu reden, es bringt nichts. Ab morgen werdet ihr mich nicht mehr zu Gesicht kriegen.«

»Ich glaube kein einziges Wort«, stöhnte Mustafa.

Omar hielt die Augen starr auf den Boden gerichtet. »Vergesst mich, tut, als hätte es mich nie gegeben.«

»Aber das geht nicht!«, rief Mustafa.

Osmans Gesicht sah vor Wut und Trauer wie versteinert aus, während sich Omar hinter dem Schleier der Gleichgültigkeit verbarg. Für ihn waren die beiden zu zwei Häufchen Atomen geworden, denen jegliche Identität fehlte. Gleichzeitig wusste er, dass der Konflikt, der ihn innerlich aufrieb, auch bedeutete, dass er an diesen beiden Männern genauso hing wie an seiner Familie. Der Kampf zerrte an seinen Nerven, das Gefühl der Zerrissenheit setzte ihm schier unerträglich zu. Nach nichts sehnte er sich mehr als nach dem Augenblick, da der lang ersehnte Sieg kommen und die absolute Freiheit bringen würde.

18

Ist des Herzens Sehnsucht erfüllt, wirst du die Grenzen von Zeit und Ort überwinden. Aber noch brennt der Schmerz, hält dich gefangen in dieser Hütte, die mitten in einem Garten steht. Entlang des Zauns, an dem sich Efeu rankt, ragen hohe Zypressen empor. Und du, du wartest auf den Tag, an dem du nichts mehr wahrnimmst – keine Zypressen, keinen Efeu. An dem die Blumen und Gräser nicht mehr raunen, die Grillen nicht zirpen, die Frösche nicht quaken, auf dass die Stille der Nacht alle Schwermut nimmt. An dem dich die Erinnerung an Vergangenes nicht mehr bedrängt und du gänzlich ins Nichts entrückst. An dem der Jubel der indischen Gesänge und das Klagen der persischen Verse nicht mehr widerhallen, auf dass die rosenfarbenen Strahlen höchster Verzückung ungebrochen auf dich niederfallen. An dem sich die verborgenen Kräfte der widerspenstigen, beglückenden Dämmerung entfalten und dich hoch hinauf, bis in die Himmelskuppel, aufsteigen lassen. Erst dort wird dein Herz nicht mehr schlafen und dein Fühlen nicht mehr wachen müssen.

Auf einmal stand Busaina vor dir, rank und schlank wie eine Zypresse, und ihre grünen Augen wanderten über den Garten, die Felder und den Kanal, der auf beiden Seiten mit Akazien gesäumt war. »Dafür?«, fragte sie vorwurfsvoll.

Ihr Anblick machte dich schwach. Du strichst ihr zärtlich übers Haar und murmeltest: »Nein, fürs Gleiten ins Nichts.«

»Fürchtest du dich nicht vor der Einsamkeit?«

»Einsam war ich im Gedränge der Menschen, das hat mich krank gemacht«, flüstertest du.

Sie trat einen Schritt zurück. »Osman hat gestern gesagt ...«

Freundlich, aber bestimmt unterbrachst du sie: »Busaina, meine Liebe, weißt du noch immer nicht, dass ich taub bin?«

Da ging sie zu der kleinen, mit Efeu umrankten Gartentür und entschwand deinem Blick.

Ich seufzte und starrte mit großen, müden Augen ins Dunkel. Kann dieser Traum anderes bedeuten, als dass ich mich vom Ruf des Lebens nicht gänzlich verabschiedet habe? Wie kann es sein, dass ich beim Wachen einzig an Dich denke, aber mir im Schlaf die Sehnsucht nach dem Leben übel mitspielt?

Mustafa umarmte dich stürmisch, bevor er dich mit traurigen Augen durchdringend anschaute. Auf seiner Glatze spross dichtes, schwarzes Haar, und vor lauter Staunen sagtest du: »Glückwunsch zu deinem neuen Haar, wie hast du das gemacht?«

Ungewöhnlich ernst erwiderte er: »Ich habe, als der

Morgen dämmerte, die Sure vom Barmherzigen gebetet.«

»Seit wann hast du den Weg zum Barmherzigen gefunden?«, fragtest du verblüfft.

»Seit du dich aus der Welt zurückgezogen und Zuflucht an diesem Ort gesucht hast.«

»Warum bist du gekommen?«

»Um dir zu sagen, dass Zainab mit der Kraft von zehn Männern arbeitet.«

»Gott steh ihr bei.«

Mustafa warf einen Blick auf die Hütte, den Garten und die Felder und seufzte: »Genau das richtige Plätzchen für die Liebe oder das Dichten.«

Du fuhrst erschrocken zusammen. »Spielst du wieder den Possenreißer?«

Da stöhnte er: »Uns, den Kindern des Steinzeitalters, ist nur noch die Posse geblieben. Du hast es vorgezogen, vor Verzweiflung verrückt zu werden, statt dich lustig zu machen.«

Du wichst zurück. »Merkst du nicht, dass all mein Empfinden gestorben ist?«

Er zuckte verächtlich mit den Schultern, stieg auf die nächste Zypresse, höher und höher, und auf einmal stand er hoch am Firmament, noch über dem aufgehenden Mond. Seine Glatze glänzte wieder, und in der Hand hielt er eine Glocke, mit der er so laut läutete, dass sich alles, was da kreuchte und fleuchte, im Mondlicht um den Baum scharte und zu tanzen begann.

Ich seufzte und starrte mit großen, müden Augen ins Dunkel. Kann dieser Traum anderes bedeuten, als dass ich mich vom Ruf des Lebens nicht gänzlich verabschiedet habe? Wie kann es sein, dass ich beim Wachen einzig an Dich denke, aber im Schlaf mir die Sehnsucht nach dem Leben übel mitspielt?

Als du gestern im Garten spaziertest und Verse von Madschnun sprachst, rief aus der Richtung des Kanals eine volle, kehlige Stimme: »He, Kerl, wo gehts hier rein?«

Es war Osman. Er saß auf einem Motorrad, dessen Lenker und Räder, wie man es auf dem Land an Festtagen machte, mit Fähnchen geschmückt war. Ohne ein Wort des Grußes sagtest du: »Bleib draußen!«

Da schrie er: »Ja, hast du etwa das Wunder nicht mitgekriegt? Ich bin mit dem Motorrad über den Kanal gefahren!«

»Ich glaube nicht an Wunder.«

Er lachte laut los. »Aber wir leben doch im Zeitalter der Wunder.«

Du wichst zurück. »Was willst du?«

Mit großem Ernst erwiderte er: »Ich bin der Abgesandte der Familie.«

»Ich habe keine Familie.«

»Ja, weißt du nicht, dass auf allen fünf Kontinenten völlig neue Zweige deiner Familie aufgetaucht sind? Willst du etwa nicht zurückkommen und dir diese seltsame Paarung von Kohle und Platin ansehen?«

»Und du, weißt du nicht, dass das Nichts unsere eigentliche Familie ist?«

»Ich werde eine Meute Kampfhunde auf dich loslassen«, drohte er.

Das Motorrad knatterte, es bellten Hunde.

Ich seufzte und starrte mit großen, müden Augen ins Dunkel. Kann dieser Traum anderes bedeuten, als dass ich mich vom Ruf des Lebens nicht gänzlich verabschiedet habe? Wie kann es sein, dass ich beim Wachen einzig an Dich denke, aber im Schlaf mir die Sehnsucht nach dem Leben übel mitspielt?

Du verbrachtest die Nacht schlaflos im Garten, es herrschte tiefe Finsternis. Nur die Sterne zwinkerten dir zu. Du fragtest die Sterne, wann dein Traum wahr werden würde. Du hast gerufen, ja, so laut geschrien, dass sich die Zypressen schüttelten, doch ob das ein Zeichen war, wusstest du nicht. Da hast du einen Stern unter den vielen Sternen angestarrt und gerufen: »Ich will sehen!«

»Schau nur, schau«, wisperte es.

Du hast geschaut, doch da war einzig eine große Leere. Nein, das war es nicht, was du zu sehen wünschtest.

»Schau nur, schau«, flüsterte es.

Da riss die Finsternis ein klein wenig auf und gab den Blick auf einen nackten Mann frei. Sein Gesicht sah grob aus, und das Haar hing ihm bis auf die Schultern hinab. In der rechten Hand hielt er eine Keule, als stünde ihm ein Kampf bevor. Auf einmal sprang ihn ein Tier an, das du noch nie gesehen hattest. Am ehesten glich es noch einem Krokodil, aber es stand auf vier hohen Beinen, und das Gesicht ähnelte einem Stier. Es begann ein heftiger Kampf, bis schließlich das wilde Tier tot niedersank. Der Mann zog sich schwankend zurück. Er war schwer verletzt, denn das Gesicht, die Brust und die Arme waren blutüberströmt, aber trotz seiner Schmerzen lächelte er.

Nein, das war es nicht, was du sehen wolltest.

»Schau nur, schau«, raunte es.

Wieder hob sich die Finsternis ein wenig, und auf einmal war ein Wald am Fuße eines Berges zu sehen. Plötzlich stürzte eine Horde nackter Menschen den Berg hinab, bewaffnet mit Steinen. Aus einer Lichtung warf sich ihnen eine andere Horde entgegen, die genauso angriffslustig und blutrünstig aussah. Es begann eine wilde Schlacht. Wütendes Geschrei erfüllte die Luft, und das Blut floss in Strömen. Von Entsetzen gepackt, traten selbst die wilden Tiere die Flucht an; sie sprangen auf die Bäume oder liefen den Berg hinauf. Die Waldmenschen wurden geschlagen. Wer nicht tot am Boden lag, wurde gefangen genommen, und die Bergmenschen jubelten und jauchzten.

Nein, das war es nicht, was du sehen wolltest.

»Schau nur, schau«, murmelte es.

Du sahst Menschen, die den Boden emsig bebauten, Karawanen, die Lasten transportierten, bewaffnete Reiter, die in den Kampf zogen. Nein, das war es nicht, was du sehen wolltest.

»Schau nur, schau«, zischte es.

Du sahst einen Mann mit hoher Stirn, in die das Denken Furchen gezogen hatte. Er saß über Papiere gebeugt, auf die er lange Zahlenkolonnen schrieb. Nein, das war es nicht, was du sehen wolltest.

»Schau nur, schau«, hauchte es.

Nein, gesehen hast du nichts, aber dein Herz tat plötzlich einen Sprung. Da ahntest du, dass der Sieg kommen würde. Vor lauter Glück schwoll dir die Brust, und nun erinnertest du dich, dass diese Glückseligkeit dich schon einmal erfüllt hatte – an jenem frühen Morgen in der Wüste, noch bevor dich der Rausch ergriff. O ja, du wusstest, dass das Entrücktsein kommen und die Harmonie der Klänge des Bräutigams Gesicht zum Strahlen bringen würde. Das Dunkel lichtete sich, und nach und nach nahm ein Bild immer klarere Formen an. Ach, wie heftig dein Herz klopfte, stärker als je zuvor. Es war ein Strauß, der sich dir zeigte, doch statt Blumen waren in ihm menschliche Gesichter vereinigt. Du brauchtest nicht lange, um sie zu erkennen – es waren Zainab, Busaina, Samir, Gamila, Osman, Mustafa und Warda. Verwirrt und ungläubig starrtest du sie an, und wo gerade noch freudige Erregung dein Inneres beherrscht hatte, würgtest du nun schwer an der bitteren Enttäuschung. Nein, das war es nicht, was du sehen wolltest. Wo blieb die Vision, wo? Doch das Bild ließ nicht von dir ab, trat immer deutlicher vor deinen Blick. Die Figuren begannen dir übel mitzuspielen: Zainab und Warda tauschten ihre Gesichter, auf Osmans Schädel glänzte Mustafas Glatze, Mustafa schaute dich mit Osmans Augen an. Plötzlich aber sprang

Samir aus dem Strauß heraus und kroch mit dem Schädel von Osman auf dich zu. Von Entsetzen gepackt tratst du die Flucht an, doch dieses Fabelwesen, das Samir und Osman zugleich war, lief hinter dir her. Je schneller du wurdest, desto eiliger setzte es dir nach. Du sprangst über den Zaun, aber dieses Wesen nahm das Hindernis mit der Leichtigkeit einer Heuschrecke. Du ranntest den Kanal entlang, das Wesen folgte dir mit dem Starrsinn eines Stiers. Du hastetest weiter und weiter, bis dir die Kräfte schwanden, die Beine den Dienst versagten, der Kopf sich drehte und du außer Atem gerietst. Du stürztest zu Boden, und als du mit dem Gesicht im feuchten Gras lagst, hörtest du, wie das Wesen mit kräftigen Schritten näher und näher kam.

Der Teufel trieb sein Spiel mit dir. Statt eines Rauschs traf dich der Fluch, und das Paradies ward zum Spielplatz von Narren. Du gabst jeden Gedanken an Widerstand auf, lagst geschlagen im feuchten Gras. Du hobst den Kopf, um dich umzusehen: Eine Weide raunte einen Vers, eine Kuh kam, sagte, sie wolle keine Milch mehr geben, sondern lieber Chemie studieren, eine gefleckte Schlange kroch heran, spuckte ihren Giftzahn aus und begann lustig zu tanzen, ein Fuchs stand aufrecht da und bewachte die Hühner, ein Chor von Skarabäen sang Engelshymnen, und ein Skorpion in Krankenschwestertracht stellte sich dir in den Weg.

Ich seufzte und starrte mit großen, müden Augen ins Dunkel. Kann dieser Traum anderes bedeuten, als dass ich beim Wachen einzig an Dich denke, aber im Schlaf …

19

Es war dunkel. Du lagst im Gras und starrtest hinauf in die Baumwipfel, deren Äste im Wind tanzten. Du warst entschlossen zu warten, wie lange auch immer. Plötzlich hörtest du Schritte, und dann flüsterte eine Stimme: »Guten Abend, Omar.«

Neben dir stand jemand. Schon wieder ein Traum? Du konntest nicht erkennen, wer es war.

»Ich habe fast nicht mehr geglaubt, dich zu finden. Warum liegst du hier herum? Hast du nicht Angst, dass es zu feucht ist?«

Die Gestalt setzte sich neben dich hin, streckte die Hand aus, aber du schautest nicht hin.

»Erkennst du meine Stimme nicht? Weißt du nicht mehr, wer ich bin?«

»Wann wird der Teufel endlich von mir weichen?«, stöhntest du.

»Was hast du da gesagt? Um Himmels willen, Omar, rede mit mir, es geht mir wirklich sehr schlecht.«

»Wer bist du?«

»Sehr seltsam! Ich bin es, Osman Chalil.«

»Was willst du?«

»Ich bin es wirklich. Es ist genau das passiert, wovor

ich mich hätte hüten müssen, und nun bin ich auf der Flucht.«

Du tastetest seinen Kopf ab und murmeltest: »Samir ist es nicht, was hat es also dieses Mal zu bedeuten?«

»Wieso Samir? Du machst mir Angst.«

»O nein, ich werde mich nicht mehr fürchten, und ich werde auch nicht mehr wie ein Verrückter weglaufen.«

Die Gestalt packte deinen Arm. »Bei Gott, sprich mit mir als Freund, oder soll ich deinetwegen auch noch verzweifeln?«

»Was macht das schon …«

»Hör mir zu, Omar. Meine Situation ist äußerst kritisch, man sucht überall nach mir. Wenn sie mich kriegen, ist das mein sicherer Tod.«

»Ach, dann bist du es, der diesmal davonläuft.«

»Ich will mich bei dir verstecken, bis die Luft rein ist und ich woandershin flüchten kann.«

»Wie hat es der Teufel geschafft, dich herzubringen?«, fragtest du bekümmert.

»Wir wussten von Anfang an, wo du steckst. Für einen gewieften Journalisten wie Mustafa ist das kein Problem. Er war oft hier in der Gegend und hat sich mit den Bauern unterhalten, die dich mit Essen versorgen. Wir wollten dich nicht stören.«

»Die Menschen sind es, die mich unglücklich machen.«

»Aber wir haben dich doch in diesen anderthalb Jahren nie belästigt!«

»Es kümmert mich nicht, ob statt Samirs Kopf deiner da ist.«

Die Gestalt seufzte schwer. »Was ist mit dir geschehen? O nein, ich kann nicht glauben, dass du mich noch immer nicht erkannt hast.«

»Glaube es, oder glaube es nicht.«

»Hör mir gut zu, Omar, ich muss dir etwas erzählen, das dich überraschen wird … ich habe Busaina geheiratet.«

»Soll doch der Teufel, mit wem auch immer, sein Spiel spielen!«

Der andere Kopf kam näher. »Wir haben tatsächlich geheiratet, trotz des Altersunterschieds. Wir lieben uns, und nun wächst in Busaina mein Sohn, dein Enkelsohn, heran.«

»Wie du mein Sohn und mein Feind warst …«

»Aber, Omar, kann dich nicht mal diese tolle Neuigkeit wachrütteln?«

»Wie die Schlange ihren Giftzahn ausgespuckt und getanzt hat …«

»Was für ein Jammer!«

»Das sage ich auch immer, aber da ist niemand, der mir antwortet.«

Die andere Hand streichelte dich an der Schulter. »Omar, komm zu dir! Ich konnte gerade noch rechtzeitig fliehen, aber die Polizei wird die ganze Gegend durchkämmen, und wenn sie mich hier finden, werden sie dich auch verdächtigen. Dein Büro haben sie schon durchsucht. Kehr zurück und erkläre, dass du unschuldig bist. Kümmere dich um deine Familie, sie brauchen dich. Busaina erwartet ein Kind, und ich glaube nicht, dass ich sie jemals wieder sehe.«

»Ich habe auch nichts gesehen ...«

»Großer Gott, willst du denn nicht verstehen?«

»Ich sterbe jeden Tag zigmal, um zu verstehen, aber ich habe noch nie etwas verstanden.«

»Hast du wenigstens begriffen, dass ich Busainas Mann bin? Dass mir der Tod droht, wenn man mich findet?«

»Lauf, bis du nicht mehr kannst und stürzt, dann wirst du die Skarabäen singen hören.«

»Das ist ja entsetzlich!«

Die Hand rüttelte an dir, und die Stimme rief wütend: »Wach endlich auf, für Spinnereien haben wir jetzt keine Zeit! Ich muss dir eine Menge erklären, bevor ich gehe.«

»Geh! Vergäll mir nicht meine Träume.«

»O du großes Elend! Was hast du mit dir gemacht?«

»Der Teufel wird an mir verzweifeln.«

»Wach endlich auf, deine Familie ist in Gefahr! Wenn man dich verdächtigt, wird deine Familie den schlimmsten Schikanen ausgesetzt sein. Um mich selbst fürchte ich nicht, ich bin darauf gefasst, dass ich sterben muss. Deshalb ist es umso wichtiger, dass du zurückkehrst.«

»Zur Hölle mit dir, da gehörst du hin.«

Mit beiden Händen rüttelte und schüttelte er an dir, bevor er zornig rief: »Ich muss fliehen, und du musst zurückkehren!«

»Bleibe, wenn du willst, dann kannst du meinen Sieg erleben.«

»Was bist du doch für ein Idiot! Du hast alles aufgegeben, Ansehen, Würde, Ehre, nur um nach etwas zu suchen, das es nicht gibt.«

»Wann wirst du endlich verstehen, dass es dich nicht gibt?«

Die Gestalt stand auf. »An dir verzweifle ich tatsächlich.«

»Ah, endlich gibt der Teufel verzweifelt auf.«

Aus dem Dunkel tönte es traurig: »Lebe wohl, du mein alter Kampfgefährte.«

Es kehrte Stille ein. Aber nicht lange, und die Gestalt kam wieder angestürzt und keuchte: »Sie sind da! Wie konnten sie mich so schnell finden?« Der Mann lief zur linken Zaunhälfte, drehte aber gleich wieder um. »Wir sind eingekreist!« Er rannte zur Hütte.

Du hast gelassen die Sterne betrachtet, doch die friedliche Stille sollte nicht lange währen. Eine bellende Stimme schrie: »Ergib dich, Osman Chalil! Das Spiel ist aus, du bist von allen Seiten umstellt!«

Du hast keine Antwort gehört. Deine Augen haben sich ins Dunkel gebohrt, weil du wissen wolltest, woher das Bellen kam. »Der Teufel will noch nicht aufgeben. Umstellt? Du bist nicht umstellt, du bist ein freier Mensch.«

Aus allen Richtungen scholl Stimmengewirr an dein Ohr, es kam immer näher. Eine Stimme, die noch grässlicher als die erste war, brüllte: »Widerstand ist sinnlos!«

»Alles hat seinen Sinn.«

Plötzlich wurde die Hütte von Scheinwerferlicht angestrahlt. Du konntest erkennen, dass man den ganzen Garten mit Stricken abgesperrt hatte. Wieder schrie die grässliche Stimme: »Ergib dich, Osman! Komm heraus, mit erhobenen Händen!«

»Wann wird der Teufel endlich verstummen?«

»He, Osman, kapierst du nicht, dass Widerstand zwecklos ist?«

»Nichts ist zwecklos.«

Stiefel polterten, von der Rückseite der Hütte kam lautes Geschrei, bis auf einmal jemand rief: »Schluss, wir haben ihn! Es ist zu Ende!«

»Nichts ist zu Ende.«

Eine Menge Gestalten kam in den Garten gestürzt und rannte auf die Hütte zu. Jemand stolperte über dein Bein. Er fiel und schrie: »Passt auf, hier sind noch welche!«

Es fiel ein Schuss.

Ein stechender Schmerz durchzuckt mich, ich stöhne. Der Schmerz ist Wirklichkeit, der Teufel spielt mir nichts vor. Ich seufze und öffne die Augen. Ist das ein Traum, so kann er nur bedeuten, dass ich noch nicht genesen bin. Wie kann es sein, dass ich beim Wachen einzig an Dich denke, aber im Schlaf mir die Sehnsucht nach dem Leben übel mitspielt? Langsam, langsam, wo bin ich überhaupt? Wo sind die Sterne? Das Gras, die Zypressen? Das ist ein Auto, ich liege auf einer langen Bank. Am Ende sitzt ein Mann. Auf der Bank gegenüber sitzt Osman, zwei Männer haben ihn in die Mitte genommen. Bestimmt träume ich noch, es kann nicht anders sein. Andererseits tut mir die Schulter so weh, dass ich ständig stöhnen muss.

»Die Kugel wird das Schlüsselbein getroffen haben, aber das ist nicht weiter schlimm«, sagt eine Stimme. Was mag dieser Traum bedeuten? Wo bringt man mich hin? Wann hört der Schmerz endlich auf? Wann kommt der Sieg über den Teufel? Wann kann er sein Spiel nicht mehr treiben? Wann verschwinden die Welt und die Menschen aus meinen Träumen? Ohne es zu wollen, stöhne ich laut.

»Noch ein bisschen Geduld, wir sind gleich da«, sagt die Stimme.

»Verschwindet«, zische ich, »ich will die Sterne sehen.«

»Es wird schon wieder.«

»Es wird erst dann wieder, wenn ich über euch triumphiere.«

»Ruhig, ganz ruhig, gleich ist der Doktor da.«

»Ich brauche niemanden.«

»Red nicht, das strengt dich nur an.«

»Ich habe mit der Weide geredet, die Schlange hat getanzt, die Skarabäen haben gesungen.«

Unaufhörlich wiederhole ich leise diesen Satz. Ich schließe die Augen, aber der Schmerz lässt nicht von mir ab. Wann endlich kommt die Verklärung? Habe ich nicht um ihretwillen die Welt verlassen?

Es erfüllte ihn das Gefühl, dass sein Herz tatsächlich und nicht im Traum schlug, dass er in die Wirklichkeit zurückkehrte.

Er entdeckte sich dabei, sich an eine Verszeile erinnern zu wollen. Wann hatte er sie gelesen? Wer war der Dichter?

Plötzlich sah er die Zeile vor seinem inneren Auge, und zwar mit einer Deutlichkeit, die ihn erstaunte:

»Wenn du mich wahrhaftig liebst, warum hast du mich verlassen?«

Nagib Machfus

Nagib Machfus wurde am 11. Dezember 1911 in einem alten Stadtteil von Kairo als Sohn eines kleinen Regierungsbeamten geboren. Nach einem Philosophiestudium arbeitet er als Beamter im Bildungsministerium.

Auf erste Kurzgeschichten folgen zwischen 1939 und 1944 drei Romane über die Pharaonenzeit, Ausdruck einer Strömung, die eine ägyptische Identität durch Rückbesinnung auf das alte Ägypten suchte. Die Auswirkungen des Zweiten Weltkriegs, der Zerfall des königlichen Systems, die sich zuspitzenden sozialen Gegensätze und die Hoffnung auf Befreiung vom britischen Kolonialsystem bilden den Hintergrund zu seinen realistischen Romanen.

Mit der *Kairo-Trilogie,* die das Schicksal einer Kaufmannsfamilie über drei Generationen verfolgt, wird er 1956/57 auf einen Schlag zu einem der führenden Schriftsteller der arabischen Welt. Das neue Regime unter Nasser, dem er zunächst abwartend gegenüberstand, zeichnet ihn mit dem Staatspreis für Literatur aus.

1959 wird in der ägyptischen Staatszeitung *Al-Ahram* der Roman *Die Kinder unseres Viertels* abgedruckt, und die Entrüstung der konservativen islamischen Kreise über diesen Roman schlägt bis heute hohe Wellen.

1988 wird ihm der Nobelpreis für Literatur verliehen.

In seinem umfangreichen Werk setzt sich Machfus, oft skeptisch und verschlüsselt, auch von Formelementen des Absurden und Irrationalen durchdrungen, mit den Veränderungen der ägyptischen Gesellschaft auseinander, mit Opportunismus, Karrierismus und dem Gefühl der Machtlosigkeit des Individuums.

Die Übersetzerin

Doris Kilias, geboren 1942, studierte Arabistik und Romanistik in Berlin. Nach einem Aufenthalt in Kairo folgte 1974 die Promotion über ägyptische Kurzprosa und 1984 die Habilitation über algerische arabofone Literatur. Heute arbeitet Doris Kilias als freie Übersetzerin und lebt in Berlin.